C.R.I.S.M

L'ORACLE DOIT S'ACCOMPLIR

KALOU GERALD

ISBN :
9781977063519

DÉDICACE

Ce travail je le dédicace à ma mère et à mes deux enfants Ezekiel et Abby. Mon souhait , à travers mes dépassements personnel, serait de faire en sorte que le meilleur de moi-même soit pour vous la norme d'une vie riche fait de défis. Choisir une voie puis savoir toujours avancer en se remettant en question et en se réinventant pour continuer à avancer encore. Pour ma part, j'ai toujours eu à cœur de partager ce que j'avais de meilleur et j'ai pour cela emprunté différentes formes. Qu'il s'agisse de la musique, du contact direct ou ici de l'écriture je ne recule pas mais je continue à avancer.

Autrefois, mes choix n'ont pas toujours été les meilleurs engendrant ici et là des souffrances ou des incompréhensions, mais aujourd'hui que je me suis arrêté un but précis j'avance en essayant de porter de meilleurs fruits.

A la fin, je serai pesé. Vous jugerez ma vie et vous vous en éloignerez, ou vous vous en rapprocherez. Que je puisse être pour vous un bon modèle et que je sache éclairer vos pas d'une lumière éternelle.

Votre papa qui vous aime !

TABLE DES MATIÈRES

AVANT-PROPOS

Il y a des contes que l'on croit véritables et il y a de véritables prophéties que l'on tourne en dérision. Ce que je vous rapporte ici est une prophétie oubliée.

Il y a quelque part ici-bas, dans un livre sacré, l'histoire d'un Dieu qui s'est fait homme pour marcher parmi les hommes. Mais, avant de s'en retourner vers son royaume éternel, il fit deux promesses. La première concerne notre histoire et ressemble à un enlèvement.

En un millième de seconde, des millions d'êtres humains disparaîtront alors que le reste de l'humanité continuera sa route ici-bas. Cet enlèvement aussi soudain que mystérieux est plus connu sous le terme anglais de « Rapture-day ». La réalisation de cette prophétie marquera ici le début de notre aventure. A ce jeu d'enlèvement, il y a forcément des heureux mais aussi des malheureux. Je vais vous dévoiler une aventure extraordinaire d'une âme oubliée, d'une âme égarée qui trouvera dans les réponses de sa vie la douceur d'une oasis en plein désert ainsi qu'une grande responsabilité dans le rôle qu'il devra y jouer.

Sur une cadence apocalyptique accrochez-vous à des personnages touchants qui vous feront faire le grand voyage de la vie. Pour la seconde prophétie, il vous faudra attendre encore un peu.

1 La traversée

Sa porte d'entrée venait de claquer précipitamment. Pour seul au-revoir, il laissa les pneus de son monospace crisser sur le béton lisse du parking. Il était 4h00 du matin. Après deux heures de routes, il stationna maladroitement aux abords de l'aéroport où il abandonna sa voiture. Muni d'un sac à dos et couvert d'une veste en cuir noir, il se précipita vers le premier vol au départ. Dans ses yeux on pouvait y lire une grande confusion, même s'il gardait son calme pour ne pas s'attirer l'attention des forces de sécurité. 6h30 venait de sonner à sa montre et le voilà assis dans l'avion pour fuir ou rattraper quelque chose d'insaisissable quelque part.

Trois jours plus tard.

Il était là, adossé au bus, ses yeux brillaient dans le soleil. Ses mains fourrées dans ses poches, sa tête vers le ciel, une semelle sur le pare-chocs à l'arrière du bus, il n'était pas différent des autres voyageurs. Son sac à dos était posé à l'arrière du véhicule où il s'était assis durant la première partie du voyage et, son fauteuil était déjà marqué par son poids. Il était là, au départ de cette route qui ne menait nulle part. Adossé au vieux bus, il observait le ciel pendant que les autres passagers finissaient d'attendre leur tour au guichet du bar de la station essence. Cette trop vieille station nommée « Chez Jim » était l'unique point de ravitaillement avant la grande traversée.

Cette route transpirait le bitume du désespoir. De part et d'autre, il y avait un sol de pierres jaunies par cette solitude que le vent tentait d'effacer. Était-ce pour ne pas effrayer les passagers de cette ligne d'autobus 169 ?

Ce jour était le second de la semaine. C'était aussi le jour habituel pour le ravitaillement de l'autobus en carburant. Et pour ne rien vous cacher, la survie de la station ne dépendait plus que de cette ligne de transport. Mais parlons un peu de Jim. Cela faisait longtemps, que ce petit gérant de station-service avait oublié la ville et ses plaisirs ;

« Trente ans d'une vie, disait-il, à attendre un bus qui tarde toujours à venir ».

Et pour appuyer cette phrase déjà lourde de sens, il ajoutait sur le ton solennel des prophètes

« Mais tôt ou tard, tous traversent ce désert. Ce n'est qu'une question de temps ».

Généralement les passagers ne traînaient pas trop longtemps dans le coin. Ils regagnaient même leurs places avant l'heure du départ malgré les tables dressées pour les accueillir et ce gentil petit automate de service de nettoyage. C'est cet instant du voyage que préférait « Max » le chauffeur de l'autobus qui était resté à son poste. Le sarcasme du gérant de la station permettait ainsi à Max d'engager la conversation avec les passagers installés à l'avant du bus.

Les mille huit cents kilomètres à vol d'oiseau qui se dessinaient encore devant eux ne pouvaient être entamés dans le silence le plus profond. Max, en vieil habitué de cette ligne, avait eu suffisamment le temps de peaufiner son entrée en matière auprès de sa clientèle. Il introduisait alors sa conversation par un geste frénétique mimant un frisson le long de sa nuque puis, il finissait par répondre aux regards crispés des voyageurs :

- « Ça me fait toujours froid dans le dos, quinze ans de trajet et cela une fois par semaine. Pourtant, je n'arrive toujours pas à me faire à ce bon vieux Jim ! ».

Max savait présenter les choses pour mettre en confiance ses clients. Son ventre rond et son front légèrement dégarni lui donnaient un coté sympathique et tranquille mais, son uniforme bleu lui rendait justement sa fonction et ses responsabilités.

Les derniers passagers revenaient au bus, lorsque le klaxon retentit, annonçant ainsi le départ imminent. Au loin, un couple de jeunes aventuriers courait main dans la main pour rejoindre leurs places. C'est à ce moment-là qu'il ôta ses semelles du pare-chocs et qu'il choisit lui aussi de regagner sa place. Il n'avait pas été chez Jim, mais il était resté là à scruter le ciel.

Une petite dame placée sur la rangée du devant, le voyant remonter sans aucune provision fit mine de lui parler, en lui tendant un gâteau. Elle aurait pourtant mieux fait de voir le chauffeur du bus qui tentait de lui faire des signes discrets à travers le rétroviseur pour la prévenir de s'abstenir. Elle n'eut même pas le temps de commencer sa phrase qu'un regard lourd et froid l'écrasa puis, sans mot dire, il regagna son fauteuil au fond du bus près de son sac à dos.

Max remit le moteur en route et, après un petit moment de trajet silencieux, il s'adressa à la dame qui était encore toute confuse de l'incident.

- « Vous savez, cela fait déjà près de trois cents kilomètres qu'il est comme ça. Il ne parle pas, ne bouge pas et, il a le regard vide. Ce genre de type peut être imprévisible si vous le sortez de sa bulle.

Il fait certainement partie de ces gars qui ont vécu quelque chose de lourd, de difficile à accepter. J'en ai vu des tas de ce genre, mais rassurez-vous, ils ne sont généralement pas aussi méchants qu'ils y paraissent. Il se trouve certainement au pays de sa douleur et vous n'y êtes pour rien madame. Et puis, avec tout ce qui s'est passé d'étrange ces derniers jours, mieux vaut ne pas en rajouter. »

Effectivement, il était déjà loin et, sa tête plaquée contre la vitre à l'arrière du bus lui donnait un air triste. Pouvait-il, ne serait-ce que l'espace d'un instant pleuvoir. La radio hors zone de connexion du vieux bus ne permettait aucune distraction. Il ne restait qu'un coffret CD de country qui était déjà repassait en boucle plusieurs fois. Mais le plus difficile c'était ce manque de climatisation qui laissait le thermomètre atteindre les trente-trois degrés Celsius à l'intérieur. Une jeune fille avait même fait un malaise après deux heures de route.

Après avoir fait évacuer tout le monde, Max avait dû nettoyer le fauteuil en le parfumant pour écraser l'odeur encore tenace. Une fois les esprits éclaircis et le grand air respiré à plein poumons, tous remontèrent à bord en évitant les alentours de la place souillée. Pour sa part, il déposa son sac à dos sur le fauteuil voisin pour en interdire l'usage mais, il ne put empêcher totalement le rapprochement des autres passagers qui en remontant vinrent s'installer tout autour de lui au fond du bus. Il avait maintenant une vue permanente sur le jeune couple d'aventuriers installés dans la rangée voisine.

Dehors, seuls les cactus et les rares arbustes épineux pouvaient supporter ce soleil de plomb. Chaque rocher jauni dans ce four semblait chanter un chant de détresse. Malgré cela, la route se poursuivit et les paysages défilèrent comme les images d'un vieux western. C'est vrai qu'ici le temps passe lentement sur cette longue route qui couvre de part en part ce vieux continent américain.

Quand il ouvrit les yeux, dérangé par un bruit d'agitation, il les vit tous s'affairant, fouillant dans leurs sacs pour extraire leurs pull-overs ; la nuit était bien tombée et avec elle, le froid se faisait sentir jusque dans les os. Il se leva à son tour pour récupérer dans le coffre de rangement son vieux blouson de cuir qu'il enfila en même temps qu'il se rassit.

Comme d'un commun accord, les passagers profitèrent de cet instant pour préparer leur repas du soir. Lui, il se contentait d'observer leurs gestes. Il avait surtout pris pour cible ce petit couple d'aventuriers, à peine âgé d'une vingtaine d'années. Ils semblaient filer le parfait bonheur jusque dans leurs disputes.

- « Un mâle, disait-elle, tu n'es qu'un mâle ! Égoïste jusqu'au bout des ongles... Tu aurais pu aussi me préparer mon sandwich ! »

Sa petite bouille blonde incarnait la douceur et malgré cet instant de reproche, elle laissait s'échapper tout son amour pour cet autre resté muet et malicieux.

Un peu plus tard, c'est aussi la douceur de ce jeune visage qui le fit revenir à la réalité lorsque d'une main tendue depuis son fauteuil, elle lui fit respirer l'odeur d'un bon sandwich. Il semblait sortir d'un rêve bien qu'il eut les yeux grands ouverts. La main était restée figée devant lui et le regard apaisant de l'ange blond ne lui permit pas de penser à quoi que soit. Dans un mouvement lent mais sûr, il prit l'offrande. Sa main enveloppa la sienne qu'il serra légèrement puis ramena à sa bouche le présent sans plus parler. Seuls ses yeux parlaient et ils étaient reconnaissants.

Il ingurgita très lentement son sandwich mais, ses yeux perdus dans le vague de l'obscurité ne laissaient paraître aucune émotion.

A la fin du repas, il se tourna vers le petit couple, leur lança un léger sourire puis il plongea aussitôt dans un profond sommeil. Depuis le début du voyage, il semblait passer son temps à dormir. On aurait pu croire qu'il récupérait d'une immense fatigue ou d'un intense effort. Malheureusement le bus, bien que confortable, n'offrait qu'une seule position et c'est assis dans le noir qu'il ouvrit à nouveau les yeux. Son dos le faisait souffrir et il ne pouvait déplier ses jambes convenablement malgré le léger basculement de son fauteuil.

Cependant, ce qui le fit réellement revenir à lui, ce ne fut pas ce manque de confort mais, plutôt ces petits bruits sourds qui provenaient des lèvres pincées de l'ange blond. Bien qu'ayant tous des fauteuils similaires, ce jeune couple avait

6

trouvé le moyen de s'offrir l'un à l'autre dans ce qu'ils pensaient être la plus grande discrétion. Autour d'eux, tous dormaient déjà et, c'est dans cette ambiance de route qu'ils avaient décidé de se donner du plaisir. Il assista longuement à cette scène aussi tendre que désespérée. En revenant à sa place, elle surprit l'œil de celui qui avait assisté à toute la scène en silence. Il ne décrocha pas son regard pour le moins attendri et pu apprécier le sourire sans gêne de celle qui avait les yeux encore scintillant dans le noir.

Ce couple s'était affranchi des règles sociales, de la pudeur ou encore de la morale. Ils vivaient leurs aventures sans tenir compte des autres, prenant ce qu'il y avait à prendre au moment où les choses se présentaient devant eux. La notion du bien ou du mal ne semblait plus faire partie de leurs considérations. Ils vivaient l'instant qui se présentait devant eux comme n'ayant aucune certitude de le retrouver plus loin. Ils vivaient tels deux amants qui se savaient pris par le temps et qui s'obligeaient à dépenser tout leur amour pour ne rien laisser au bout du voyage.

Le bus s'arrêta progressivement sur un coin de route et Max sortit de son fauteuil en faisant difficilement quelques pas vers l'extérieur. Il n'avait pas le privilège des autres passagers, il n'y avait pour lui qu'une seule position possible à son poste de conduite. Une « roulée » au bec, Max regardait les étoiles qui s'offraient en spectacle.

Dans ce décor apaisant d'ombres et de lumières, on ne voyait que les sommets des montagnes et des masses noircies contrastant avec la lune en quartier.

Le silence était rugissant et effrayant comme cela avait dû l'être au commencement. Néanmoins, le froid eut vite raison du chauffeur qui revint à sa place en se frottant les mains. Cette nuit passa très vite et, du noir profond à la lumière gênante du matin, il n'y eut qu'un pas. Il y eut cependant quelque chose d'étrange ce matin-là. Son sac et ses affaires étaient près de lui. Le bus n'avait pas bougé de son lieu de stationnement. Les collines au loin continuaient à dévoiler leur beauté mais, il n'y avait plus personne autour de lui, ni ange, ni affaires, ni bruits. Il se releva doucement comme pour surprendre une proie et, d'un air inquisiteur, il parcourut du regard les places de devant. Il fit quelques pas dans ce long couloir et vit quelques fines couvertures de voyageurs restées sur les fauteuils. Mais personne ne se présenta à ses yeux ; ni devant, ni sur les côtés.

« Est-ce là encore ton humour ? » Laissa-t-il échapper plein de colère.

Dans le calme néanmoins, il se dirigea vers la sortie et, une fois à terre, il s'éloigna du bus en se dirigeant de l'autre côté de la route. En continuant sa marche, il regarda à droite, loin devant lui puis, il s'arrêta au beau milieu de sa traversée. Ses yeux fixaient l'arrière du bus. Il venait de tous les retrouver et ne pouvait s'empêcher de relâcher un soupir un peu nerveux. Tous étaient assis, silencieux autour du café. Il resta figé au milieu de la voie déserte pendant quelques secondes en se balançant légèrement et en ayant l'air un peu idiot.

« Vous dormiez si bien que nous n'avons pas eu le cœur de vous réveiller Monsieur. Rejoignez-nous !» Lui lança Max.

L'air frais du petit matin faisait se coller les passagers. Max tel un gentil organisateur se mit à raconter des anecdotes tirées de ses nombreuses traversées et, ce n'est qu'après une trentaine de minutes, lassé de toutes ses histoires que le petit groupe regagna sa place. Il faut dire que les passagers n'étaient pas très causants. Il y avait entre eux une certaine distance malgré une apparente décontraction. Max se leva à son tour et il fit ses derniers contrôles à l'arrière du bus pour vérifier le bon état des grosses batteries électrique qui venaient en complément du vieux moteur à carburant. Il laissa le moteur tourner quelques instants puis il reprit la route.

La lune curieuse était restée jusqu'au petit matin et attendait patiemment que le soleil donne de sa personne. Lui, depuis sa place du fond, semblait redécouvrir la vie et y reprendre goût. Il observait les choses et les rares animaux qu'ils croisaient. L'incident du matin l'avait détendu ! C'était un visage d'enfant qu'il laissait paraître à présent bien qu'il soit un homme dans la force de l'âge. Peut-être avait-il la quarantaine passée.

Sa peau mate était soignée et elle montrait des origines métissées. Ses cheveux étaient courts. Sa montre arrondie laissait apparaître un caractère doux et conciliant mais, son cadran surchargé d'aiguilles révélait un homme précis et minutieux. Du haut de son mètre soixante-dix-huit, il ne portait nul autre bijou ou pacotille. Il était un homme simple allant droit à l'essentiel et ne transportant que le strict nécessaire. Sous sa veste, ses épaules larges dévoilaient une carrure ostensiblement sportive. Seule sa petite barbe témoignait d'un certain laisser-aller.

La route défilait et les paysages étaient rapidement oubliés, remplacés par de nouveaux, parfois plus verts, parfois plus arides. Ce ne fut qu'au bout de quatre heures de route, entrecoupées de petits arrêts techniques, que Max reprit le micro pour l'annonce du prochain arrêt à l'heure du déjeuner. Max en profita pour faire une légère présentation des lieux et, il donna également quelques recommandations sur le respect et le comportement que tous devaient avoir envers les autochtones. Il ajouta une dernière recommandation qu'il se permit de répéter deux fois en aggravant son ton.

« Pour vous, mesdames, je vous déconseille les balades seules dans les rues. Cela pourrait provoquer des situations …délicates. Le mieux serait de former un groupe et de ne pas trop s'en éloigner. Juste le temps de nous ravitailler et nous reprendrons notre route. Sans vouloir vous effrayer, les habitants de ce village ne sont guère accueillants. Les derniers événements n'ont fait qu'amplifier l'immoralité de certains. Il y a eu récemment des incidents fâcheux qui auraient pu être évités. Ne soyez pas trop tête en l'air en vous égarant ! ».

Cette annonce jeta d'abord un grand froid parmi les voyageurs, puis cela anima les conversations jusqu'à l'arrêt total du bus. La pause se fit à l'heure prévue mais les voyageurs engourdis et apeurés, eurent du mal à poser un pied à terre. Tous ressassaient les dernières paroles du conducteur.

Pour sa part, depuis l'arrière du bus, il finit d'attacher sa veste à son sac. Puis, il descendit et se rendit au bar le plus proche. Quand il en poussa la porte, tous les visages se retournèrent. Ces hommes étaient assis au comptoir avec comme seule compagnie leurs chapeaux et leurs verres vides.

Il y avait aussi une radio dont le volume avait été suffisamment haussé pour que tous l'entendent. La voix de la présentatrice faisait état des événements internationaux. Elle finissait son intervention par des termes que l'on emploie habituellement lors d'état d'urgence dans un pays confronté à des catastrophes :

« ...Nous retrouverons juste après un point publicitaire nos envoyés spéciaux à travers le monde pour faire état de ses disparitions inquiétantes, Pour l'heure, nous ne possédons aucune information claire capable de justifier d'autant de disparitions à travers le monde entraînant ces cascades d'accidents meurtriers. Depuis plusieurs jours c'est un peu le chaos. Nous savons juste que les gouvernements de tous les pays sont en réunion de crise depuis quarante-huit heures et que des décisions drastiques ont été prises pour suspendre tous les vols et les échanges d'hommes et de marchandises entre les états. L'heure est au calme comme ne cesse de le répéter les différents chefs religieux. Ne paniquez pas, Nous restons avec vous ! Nous vous tenons informés ! »

Et, à en croire le silence dans ce bar, ces hommes avaient été suspendus pendant un long moment à sa voix, si long qu'aucun mot ne sortit de leurs bouches pour accueillir ce visiteur audacieux. Ce bar était lugubre et plus d'un homme aurait fait demi-tour dans ce coupe-gorge, mais lui ne se soucia de rien. Il poussa un tabouret et, d'un air résolu mais respectueux, commanda un whisky. Le barman ne bougea pas de son poste continuant son activité. Sans se laisser intimider, il reformula la même demande mais, sur un ton plus sévère.

N'obtenant aucune réponse, il se leva, passa derrière le bar et s'empara d'une bouteille à moitié pleine ainsi que deux verres qui séchaient sur le meuble. Le barman fit mine de réagir en déposant sa serviette mais, sur les gestes d'un type resté au fond de la salle, celui-ci revint à sa place sans broncher. Bouteille en main, il s'installa sur une petite table et remplit les deux verres. Il déposa la bouteille et les vida en grimaçant. Il se paya également un Hot-dog dans l'un des distributeurs automatiques puis il reprit la bouteille et se resservit sans attendre. Tous les gars au bar s'étaient retournés et l'observaient pendant que la radio continuait à diffuser son programme publicitaire. Il eut le temps de boire la première tournée mais après son troisième verre, une main s'empara tranquillement de la bouteille. L'homme qui était resté au fond de la salle s'installa face à lui en se posant grossièrement sur la chaise.

Assis face à face, ils s'observaient attentivement, en silence et sans haine. Cet inconnu qui s'était invité à sa table lui tendit la main. Pour sa part, il observa dans un premier temps cette main tendue sans répondre puis finit par tendre la sienne.

Personne n'y comprenait rien. Mais en réalité ces deux hommes se connaissaient ou du moins se reconnaissaient. En effet, même si les tenues vestimentaires des hommes aux chapeaux se ressemblaient, celui-là n'appartenait pas au clan à cause de ses origines. C'était un blanc aux traits prononcés et au regard vieilli par le soleil. Son visage fin et amaigri par l'alcool faisait penser à celui d'un bandit de grand chemin.

Quel était le nom de ce village ? Les habitants eux-mêmes ne devaient pas le savoir. Et pourtant, arrivé dix ans plus tôt, un mercredi avec un bus de la même compagnie, ce voyageur était resté et s'était adapté à la vie locale en devenant propriétaire de ce coupe-gorge.

Le bus klaxonna deux fois donnant le signal du départ. Avant de partir, il sortit un billet de sa poche, le déposa sous son verre et s'en alla. Mais, avant de passer la porte totalement, l'homme resté à sa table prononça quelques mots en posant à son tour son verre.

« Je ne sais pas où tu vas l'ami, ni d'où tu viens, mais crois-moi, il ne faut jamais fuir la réalité. Elle finit toujours par nous rattraper. Ce que tu as fait aujourd'hui aurait pu te coûter la vie sans que personne ne s'en soucie et je suis certain que tu le sais. J'étais comme toi autrefois. Parti pour trouver la mort et, c'est ici que j'ai trouvé ma vie… dans ce désert.

Il y a des choses qui n'appartiennent qu'au passé. Tu n'y changeras plus rien par aucun sacrifice. Mais il y a des choses qui appartiennent à demain et qui sont entre tes mains. Alors avant de trouver la mort et de ne pouvoir suivre le chemin tracé pour toi …réfléchis ! Ne sois pas sans intelligence. Si j'ai été capable de trouver la vie ici, c'est qu'elle peut se trouver partout ailleurs ! »

Alors qu'il était presque sorti, il se retourna, le salua de la tête sans rien ajouter avant de disparaître dans la lumière en direction du bus. Max n'attendait plus que lui. En remontant à bord, Il semblait agacé et son visage laissait paraître de la déception et de la colère.

Dans le bus, ce fut une journée longue et ennuyeuse où personne ne trouva le sommeil. Tous s'occupèrent du mieux qu'ils purent et les groupes qui s'étaient formés s'entraidaient en partageant quelques distractions. La pénibilité de ce voyage avait fini par faire disparaître toutes craintes entre voyageurs. Il régnait maintenant une forme de lien qui n'appartient qu'à ceux qui affrontent les mêmes difficultés ensemble ; puis enfin, la nuit arriva.

Seules quelques étoiles et le reflet de ses larmes coulant sur sa joue animaient la nuit à travers les vitres de sa fenêtre. Tout contre la vitre, il essayait de cacher ses yeux ; il ne voulait partager sa peine avec personne. Ce soir-là, il n'y eut pas de bruit sourd et même pas de bruit du tout. Max fit son arrêt de nuit sur un parking proche d'un canyon et tous se reposèrent.

Le matin revint et pendant cette dernière étape du voyage, l'allée centrale servait de piste pour se dégourdir les jambes et chacun restait très courtois envers les autres. Même Max se levait parfois comptant sur le pilotage automatique. Il profitait alors de ses rares occasions de relâchement pour distribuer quelques sourires et prendre des nouvelles des passagers qu'il pouvait maintenant tutoyer.

La pluie ne tarda pas à venir avec un bel orage. Il plut tellement que personne ne vit cette petite ville se rapprocher.

Arrivé à l'entrée de la gare, Max se dressa au milieu du couloir et annonça l'horaire du prochain départ pour la suite de leurs périples. Il profita également pour faire aux passagers ses adieux inattendus en précisant tout de même qu'un autre chauffeur allait prendre le relais. Max descendit avant tout le monde dans la petite gare couverte et grouillante de vie.

Une hôtesse d'accueil monta dans le bus où tous s'affairaient et après une brève présentation, elle fixa le lieu et l'heure du futur rendez-vous puis, à son tour elle descendit aussi vite qu'elle était montée sans attendre d'éventuelles questions. Tous se dirigèrent vers la sortie sans trop d'agitation. Ce ne fut qu'une fois seul qu'il prit son sac et leur emboîta le pas. Il devait tuer le temps pour quelques heures mais il ne voulait pas rester dans cette foule bruyante.

Au bout de ce hangar, un taxi l'emmena visiter la vielle ville aux façades blanchies. La vision n'était pas bonne sous la pluie mais ce n'était pas le plus important car au fond ce n'était que pour s'occuper qu'il était là. Les heures passèrent et bientôt revint l'instant où il dut rejoindre le bus.

A son arrivée, la voix douce d'une hôtesse résonnait dans les haut-parleurs demandant aux passagers du bus N°169 de se rendre aux guichets d'enregistrement de la compagnie. Un homme d'un gabarit impressionnant et une jeune femme se tenaient en hauteur sur une estrade improvisée et parlaient au groupe resté très attentif.

Le départ avait été ajourné en raison des mauvaises conditions météo qui devaient persister toute la nuit et aussi une partie de la journée selon les experts. Ils ne savaient pas eux-mêmes quand le bus serait en mesure de repartir. Un nouveau rendez-vous fut donné pour le lendemain matin à onze heures.

Seize heures venaient de sonner à sa montre. Il fallait encore attendre dix-neuf heures dans cette ville dont il ignorait tout et dont il ne voulait rien savoir. Il revint à la sortie du hangar et retrouva le même chauffeur de taxi qui le conseilla pour la nuit. Sur ses recommandations, il descendit au centre-ville. Arrivé dans sa chambre, il déposa ses affaires et encore tout humide, il tomba sur le lit sans aucune retenue et ne bougea plus. Sa montre sonna vingt et une heures, il prit une douche et redescendit aussitôt en ville afin d'oublier son insomnie.

Sous la pluie battante et sans même regarder le genre d'établissement dans lequel il pénétrait, il s'assit à une table et commanda une bière à une hôtesse. Les filles allaient et venaient en tous sens, il régnait ici une ambiance particulière. L'air vicié était alourdi par les odeurs de cigares et de sueur que tentait d'évacuer le gros brasseur d'air au-dessus de leurs têtes. Quelques machines à sous ainsi que des tables de jeux étaient habilement disposées au fond de la salle formant un cercle de péage obligatoire pour la clientèle venue se distraire. Une multitude de petites scènes étaient réparties proche des tables où des hommes s'étaient regroupés. Quand la fille revint avec la bière, il lui demanda de lui servir quelque chose à manger de bien consistant tout en réglant sa note.

Au bout d'une dizaine de minute, une main se posa sur son épaule. C'était Max qui, pris au piège du mauvais temps, ne pouvait prendre la route du retour. Il ne portait plus son uniforme mais une tenue classique fait d'un jeans sur lequel retombée une chemise blanche. Il s'assit près de lui pour ne pas gâcher une miette du spectacle. Quand la jeune fille revint rapidement avec une assiette généreuse, Max intervint directement auprès de la jeune hôtesse pour la renvoyer en cuisine avec son plat. Il était un habitué du coin et connaissait les pratiques de la maison. Généralement, les plats rapidement servis aux touristes revenaient d'une première table où le client trop ivre ne touchait que peu à son assiette. Des assiettes qui pouvaient parfois passer la nuit sur une table dans ce va-et-vient de coke, de prostituées et de toutes sortes de produits que les gars du coin pouvaient transporter. La viande était alors coupée, réchauffée, recouverte d'une sauce épaisse puis resservie.

« Mais tu sais, lui dit Max, ce n'est pas parce que la bouffe est mauvaise que le spectacle l'est forcément ».

Comme obéissant à ses mots, de superbes créatures descendirent du ciel le long de la barre métallique. Elles apparaissaient ainsi chaque soir sous les yeux grands ouverts des pauvres gars médusés de la salle, agrippés à leurs bières tièdes.

« Vois-tu, dit Max, depuis l'isolement et l'effondrement économique du pays à cause de ce foutu président. Paix à son âme et à celle de ses bourreaux. La situation ici est pire que celle de 1929. Elle était belle l'époque où notre Dollars servait de valeur étalon dans le monde mais toute cette prospérité est terminée. Maintenant, tous ces pauvres types sans activités sont prêts à payer pour un peu de plaisir à emporter et tu sais le pire ? C'est qu'ils sont là tous les soirs, au même endroit pour le même hold-up alors qu'à la maison les gamins n'ont pas grand-chose. C'est triste n'est-ce pas ? Les gens d'ici aussi vivent comme s'il n'y avait plus d'espoir. »

Lui ne répondait pas sauf parfois d'un mouvement de la tête. Ses yeux commençaient un peu à se fermer sous l'effet de l'alcool mais, il comprenait encore les manœuvres de Max qui tentait de le faire parler de sa situation.

Les strip-teaseuses avaient pratiquement fini leur show et Max reprit sa route non sans lui refourguer un autre conseil sur la consommation des bières en pression : « C'est encore pire que la viande » lança-t-il en rigolant. Sur ces quelques mots, il s'enfonça dans la foule et disparut à nouveau.

Seul face à son assiette et avec autant de viande bon marché autour de lui, il ne put rien manger, tout juste quelques frites. Il commanda un double whisky sec. Quand le tout fut posé sur la table, il régla la note et avant de faire retourner la viande en cuisine, il la découpa en petit morceaux. Puis il se commanda la même tournée à boire. Il était accoudé à la table et sa tête écrasant la paume de sa main s'alourdissait à chaque verre mais il attendait que le temps passe.

C'est au milieu de la soirée qu'une nouvelle main se posa sur sa nuque. Sans même se retourner, il balbutia quelques mots demandant à Max de le laisser seul. Mais la voix qui se fit entendre était bien différente de celle de Max. Elle se prénommait Prunelle. Elle était de taille moyenne et avait un regard tendre. Ses yeux étaient tristes mais beaux et, elle le regardait avec beaucoup de tendresse. Prunelle, c'était une belle métisse aux yeux d'amandes qui n'avait rien de Max. Sans broncher, il poussa du pied la chaise face à lui où elle s'installa.

- « Je vous observe depuis longtemps et je vois que vous buvez beaucoup ! Vous essayez de vous noyer ? »

Il ne savait que répondre et se demandait encore pourquoi son malheur intéressait tant de monde ? Il fut tout gêné lorsque sa nouvelle commande arriva mais il s'assuma en demandant à la dame de commander quelque chose. Prunelle refusa et, après une certaine hésitation, elle lui demanda une faveur.

A ses dires, elle s'était fait larguer par son ami et ne voulant, sous aucun prétexte, emprunter seule les routes de cette ville dangereuse, elle le sollicitait pour être accompagnée jusqu'à son hôtel qui n'était pas trop loin d'ici. Il sourit un peu et dans son plus grand naturel méprisant, et sans aucune retenue, il crut bon lui demander :

« Vous êtes une prostituée ? Parce que si c'est le cas, je ne me prostitue point ! »

Elle baissa la tête.

- « Mon ami est parti et je n'ai personne pour me raccompagner. Les rues sont dangereuses ici et je... mais je suis désolée de vous avoir dérangé, je pensais que vous étiez différent des hommes d'ici... ! ».

Il s'excusa maladroitement et lui promit de la raccompagner.

« De toute façon, ma place n'est pas ici. »

Dans un soupir profond, il avala son whisky, prit son sac ainsi qu'une bouteille de bière à la main. Une fois debout, il la suivit. Il ne savait pas pourquoi il faisait cela, il semblait se transformer en automate. Il mit un pied devant l'autre et passa le seuil de l'entrée. Il pleuvait encore un peu mais ils profitèrent d'une légère accalmie pour sortir. Tout était mouillé. Cette pluie avait fait ressortir les lumières du quartier dans chaque flaque d'eau. Cela donnait un coté plus poétique à cette nuit sans intérêt dans cette foule d'étrangers.

Il marchait avec beaucoup d'empressement et Prunelle dut s'accrocher à son bras pour le faire ralentir. Elle s'excusa de ne pouvoir aller aussi vite malgré la pluie tout en lui faisant comprendre qu'elle n'était pas équipée pour une marche si rapide. Mais au lieu de s'excuser, il hocha la tête comme pour certifier qu'il avait compris le message. Ils reprirent la route, puis tout à coup il s'arrêta et se retourna.

« Un imbécile, je suis un imbécile. Je ne pourrais même pas revenir à l'hôtel, lui dit-il. Je n'ai pas regardé ma route. »

Mais pendant qu'il parlait encore, il entendit des bruits de pas lourds qui couraient dans leur direction. Il n'eut pas le temps de se retourner que déjà sa tête touchait le bitume. Il n'eut que l'impression d'entendre un bruit sourd et le vide l'envahir totalement. En quelques secondes, il plongea dans l'obscurité la plus totale.

C'est dans cette obscurité profonde qu'il ouvrit à nouveau les yeux. Ces yeux étaient lourds et son corps l'était tout autant.

Il entendait quelques voix sous la porte et le bruit continu d'un appareil médical. Il ne comprenait pas ce qui se passait, mais il sentait un changement. Il sentait aussi qu'il n'était pas seul dans cette chambre. Il semblait y avoir d'autres lits et d'autres appareils branchés. Son corps était couvert et il semblait porter une sonde urinaire.

Il se sentait bien, sans aucune douleur hormis les articulations qui demandaient à travailler. Il eut tout juste la force de parler mais le son qui sortit de sa bouche était si faible que personne ne vint à lui. Il insista et au bout du troisième essai, la porte s'ouvrit l'obligeant à fermer les yeux devant ce jaillissement de lumière.

Une voix douce et pétillante se fit entendre : « Bonjour vous, c'est un grand jour pour nous ; nous allons pouvoir nous présenter ! »

Ces yeux étaient encore mi-clos mais il tenta de les ouvrir un peu. Joignant aux efforts visuels un effort vocal, il demanda d'une voix faible qu'on lui servit un peu d'eau. La personne qui lui faisait le service était encore un peu floue. Elle s'approcha de lui et ne déversa dans sa bouche que quelques gouttes. Pourtant, jamais aussi peu d'eau n'avait produit autant d'effet en lui.

« C'est normal, dit-elle, avec le sourire ; cela fait tellement longtemps ! Les seuls aliments que votre corps a absorbés jusqu'à présent n'étaient que sous perfusion. »

Il ouvrit totalement les yeux et releva légèrement la tête. Rien ne lui était familier, pas même son corps. Il souleva le drap et s'observa attentivement... Ses jambes, qu'il essayait de déplacer étaient lourdes et se pliaient difficilement. Il insista encore un fois auprès de l'infirmière afin de comprendre ce qui lui était arrivé !

Elle recula et, après un sourire aimable, s'excusa et s'absenta sans fournir plus de réponse. Abandonné à lui-même, il essaya de prononcer quelques mots pour s'exercer.

Il était perdu et son esprit était agité. Le tumulte s'arrêta lorsque dans une parfaite décontraction un homme poussa la porte et entra dans la pièce en se dirigeant vers la fenêtre pour l'ouvrir davantage. L'homme revint vers son lit et après une observation rapide des appareils posés sur le meuble au-dessus de sa tête, il finit par sourire en s'asseyant près de lui.

- « Docteur Mathias et votre infirmière du jour se nomme Claire-Anne. Je vous ai suivi pendant votre période de sommeil qui a duré un long moment. Je suis heureux de pouvoir vous redécouvrir aujourd'hui avec une expression sur le visage et un regard même si celui-ci est assez perplexe. Je vais tenter de vous présenter la situation en quelques mots. Vous êtes au service des résidents permanents. Vous êtes, c'est vrai, resté dans un coma profond pendant sept années et, c'est normal que vous n'ayez plus vos repères. Le son de votre voix et les muscles de votre corps ont été inutilisés pendant cette période et vous devez les laisser se réadapter progressivement. »

Il n'en revenait pas... Sept ans ! Sept ans, dans ce lit, dans cette pièce. Pourquoi, se demandait-il ? Toutes les paroles du docteur lui passaient au-dessus de la tête et, cette situation invraisemblable lui échappait totalement. Sept ans… C'était pour l'heure la seule information qui percutait son esprit ! La main du docteur passant devant ses yeux le ramena au monologue technique.

« Je vais devoir vous faire passer quelques tests car ce n'est pas rare que la mémoire ne soit plus tout à fait en ordre. Pouvez-vous me dire votre nom ? »

Un silence parcouru la pièce… le docteur répéta sa question en lui demandant de répondre par oui ou par non d'un signe de la tête. Mais aucune réponse ne vint…. Mathias comprit son blocage et afin de l'aider à se situer, il tenta de lui expliquer le contexte dans lequel il avait été retrouvé.

- « La personne qui vous a retrouvé n'a rien donné. Votre corps avait été déplacé et jeté sur un vieux parking abandonné sous la pluie. Vous étiez presque nu au matin et personne ne vous connaissait. Il vous faut aussi savoir que vous avez fait l'objet de plusieurs déplacements entre les nombreux hôpitaux de la région. Je ne possède pas tous les éléments de votre histoire et il me sera difficile de vous aider en vous donnant des détails d'il y a sept ans. Dans les cas similaires de « sommeil prolongé », les nouvelles règles imposent une durée maximale de cinq ans de prise en charge. Votre traitement de faveur est assez rare et s'explique certainement de différente façon. Pour le reste, nous comptions sur vous pour nous aider… mais il faudra encore attendre apparemment. »

Le docteur voulut se lever mais il retint le bord de sa blouse.

- « Que s'est-il passé ?

- Je suis docteur et pas devin mais vous avez certainement dû être victime d'un coup fourré comme il s'en passe souvent ici dans cette région frontalière. Ils choisissent toujours des touristes un peu ivres. Comme appât, ils envoient une belle femme qui vous demande de sortir prendre l'air ou qui a une envie folle de vous faire l'amour dans une ruelle sombre. La suite est simple à deviner, dans un moment rapide comme l'éclair, au détour d'un coin sombre, ils vous tombent dessus à trois ou quatre personnes en ne vous laissant aucune chance.

Croyez-moi, vous avez eu beaucoup de chance de vous être évanoui tout de suite car certains ne sont jamais revenus de ce qu'ils croyaient être une bonne affaire. Et vous avez beaucoup de chance de vous réveiller aujourd'hui. Maintenant, je vous laisse vous reposer et si vous pouviez essayer de retrouver votre identité cela nous ferait beaucoup avancer. »

Il découvrait un monde qu'il n'avait jamais connu, partageait l'histoire d'un type ivre avec un étranger et ne se souvenait même pas de son nom. Ne sachant répondre à ses propres questions, il décida de refermer les yeux comme pour congédier ce sort ou chasser le mauvais rêve. Même les yeux fermés, aucune image, aucun nom, aucun son familier ne lui revenait et plus il essayait et moins il y parvenait.

Mathias était le seul prénom masculin qu'il connaissait et les seuls visages qu'il identifiait étaient celui du docteur et de l'infirmière. Il ouvrit les yeux et se dégagea de la couverture. Il poussa sa jambe vers le bord du lit et, s'appuyant sur son épaule, il bascula tête contre le coussin pour pouvoir utiliser ses bras comme leviers. Il réussit à se tenir dans une position plus ou moins perpendiculaire au sol avec la sonde et les fils attachés qui tiraient un peu. Comme un enfant qui apprend à marcher, il tanguait de droite à gauche. Son corps était trop faible encore et il était en train de le lâcher. Il retomba sur le lit lourdement, la tête face au mur et les bras sous la masse de son corps. C'est ainsi qu'il s'évanouit !

Les heures passèrent et ce fut dans un bruit de tonnerre qu'il ouvrit les yeux. Il était seul dans le noir et la pluie tapait si fort contre la vitre de sa nouvelle chambre. Son corps était allongé dans la position du premier réveil et sa couverture était remontée jusqu'au torse. Il voulut boire et c'est en bougeant son bras qu'il arracha de son doigt un appareil qui ne semblait lui servir à rien. Quelques secondes plus tard, la porte s'ouvrit et c'est une autre infirmière qui se présenta.

En la regardant se mouvoir d'un coin à l'autre de la pièce, toutes les questions de la veille revinrent le hanter et il ne put s'empêcher de penser qu'il y avait certainement quelqu'un qui devait l'attendre quelque part. Pendant que son esprit se baladait à nouveau, il perdit de vue l'infirmière.

Il réfléchissait à son identité et s'inventait toutes sortes de vies absurdes qui l'effrayaient tour à tour. Il devait élucider ce mystère et combler ce vide mais, toute la nuit passa sans qu'il ne puisse répondre à une seule question. Au matin quand la porte s'ouvrit et que Mathias se montra à lui, il demanda sur un ton ferme et clair, l'une des seules choses qui avait pris de l'importance à ses yeux et qui pouvait lui faire passer une étape importante : « Ai-je été violé ? »

Mathias sourit et pour ne pas créer de doute ne serait-ce qu'une seconde de plus, il répondit d'un ton catégorique mais aussi moqueur.

- « Non, je vous l'aurai dit, généralement ces gens-là ne s'intéressent qu'à l'argent ! Mais, nous concernant, avez-vous retrouvé votre identité ?

- Non… je ne me rappelle de rien. Ni d'où je viens, ni qui je suis, ni ce que je fais là ! »

Il fit une requête au docteur sans plus attendre : « Pourriez-vous m'aider à me lever. J'aimerais marcher un peu. »

Le docteur s'approcha avec son infirmière, se pencha vers lui et ils enroulèrent leurs bras autour de lui. Il s'accrocha aussi solidement à l'un comme à l'autre et commença à avancer doucement. Ses jambes étaient faibles mais tenaient le coup grâce à l'aide du Docteur. Ils firent quelques pas vers la porte puis se dirigèrent dans le long couloir de l'hôpital encore vide.

3 ans plus tard…

Il était seize heures et quarante-cinq minutes, la porte venait de s'ouvrir en laissant entrer le bruit des activités portuaires. La serveuse en relevant la tête semblait ravie de le voir arriver et ne put s'empêcher de sourire.

- « Salut Jack ! Tu arrives tôt aujourd'hui, je n'ai pas encore fini mon service.

- Salut Maude, je suis venu prendre une bière avant de t'enlever. D'ailleurs Laurent est là aussi pour un billard ; prends tout ton temps ! »

Il s'avança vers elle en tendant les lèvres dans une grimace absurde mais elle ne répondit que par une autre grimace en se retirant.

- « Tu sais bien que ce n'est pas possible et puis normalement tu ne devrais même pas être là quand je travaille. Ordre du boss et tu le sais bien.

- Je sais ! Il dit aussi que ce n'est pas bon pour la clientèle mais tout le monde me connaît ici et ils savent tous que tu es ma petite poupée… »

Il soupira et conclut ce premier échange par un rire cynique. Elle était déjà repartie vers d'autres tables. Il s'avança près du billard, déposa son casque sur une table en enlevant son bandana de la tête. Son bras à moitié nu laissait apparaître un jeune tatouage et sa dégaine ne trahissait pas sa profession en ces lieux. Il était devenu docker et travaillait quatre jours par semaine.

C'était devenu une habitude, Après le travail, il passait récupérer sa belle et l'emmenait faire un tour à moto. Ils n'allaient jamais très loin car elle recommençait vers 19h30 au seul restaurant asiatique de la ville.

Son job de docker, c'était le boss de Maude qui le lui avait dégoté. Il l'avait certainement fait par pitié car, à ses débuts dans le coin, il le voyait souvent venir s'asseoir à côté du bar pour jeter des cailloux dans l'eau avec une bière à la main. Il ne parlait jamais à personne puis il finissait par disparaître.

Un soir en revenant de quelques courses, s'étant approché de lui, le Boss surnommé ici, l'Orque à cause de son physique de catcheur et de son énorme tâche noire dans son cou, l'avait interpellé en lui demandant s'il voulait se faire quelques pièces en l'aidant à décharger sa camionnette. Après quelques aller-retour dans le silence sans que Jack n'accepte les pièces, il se fit offrir un café au bar.

Il n'eut pas grand-chose à dire ce jour-là mais, l'Orque l'ayant pris en sympathie lui fit une offre intéressante plus tard. Un de ses amis recherchait un gars sur le port et le voulait rapidement. Il s'y était présenté dans un état physique lamentable. Les sept années dans ce lit d'hôpital lui avait fait perdre sa masse musculaire mais il fût pris à cause du manque d'ouvriers et parce qu'il avait été envoyé par l'Orque lui-même.

Que de chemin parcouru depuis ce lit d'hôpital. Au bout de deux années et demi, à force de travail et de sérieux, il était devenu responsable d'une équipe de cinq gars sur l'aile Nord et tout le monde le respectait pour son côté bosseur et pour la bonne ambiance qu'il avait su y créer. Il devait tout à son supérieur de l'époque qui l'avait pris sous son aile. Ils étaient deux solitaires qui aimaient se retrouver. Ce bon vieux Simon, mort l'hiver dernier en plein chantier d'une attaque, avait tout légué à Jack avant sa mort sans même lui en parler. Il n'avait personne d'autre et ce legs d'une vie de labeur avait sorti Jack d'une condition d'esclave pour lui permettre d'envisager l'avenir plus confortablement.

Comme un fils, il l'avait enseveli et accompagné à sa dernière demeure et comme un fils, il parlait de lui encore aujourd'hui. Chaque travailleur même nouveau dans l'équipe connaissait la valeur de Simon. Ils avaient tous été témoins de la fois où Simon avait sauvé la vie de Jack, en le poussant dans l'eau, lorsqu'un conteneur s'était ouvert durant son transfert déversant une partie de sa marchandise au-dessus de sa tête. Chemin faisant, la devise de ce bon vieux Simon était devenue la devise des dockers.

« Le travail c'est bien mais, le ciel ne pardonne pas à ceux qui ne boivent pas un coup avec les copains après le boulot. »

Et c'est ainsi, que les dockers du coin, retenant la parole du vieux Simon comme celle d'un messie se retrouvaient chez l'Orque pratiquement tous les soirs après dix-sept heures. C'est aussi Simon qui le baptisa du nom de Jack car tous deux partageaient l'amour du bourbon. Sa bouteille préférée était de « Jack Daniels » ; C'est ainsi que Simon lui avait dit en rigolant :

« Au moins, en te regardant, je penserai à une bonne chose. »

Simon aimait de la sorte plaisanter. Ce fût aussi un excellent compagnon de route pour Jack. Il aimait tellement son travail que lorsqu'il fallut partir pour profiter de la retraite, il fit le choix de rester sur le port au milieu de ses amis. Ni fils, ni femme rien pour l'empêcher de vivre un peu de sa liberté dans un monde d'esclaves.

Il était aussi le seul qui partageait les moments de solitude de Jack. Avec lui, Jack essayait de réfléchir à son passé en se lançant dans des hypothèses interminables. Simon l'écoutait en jetant des cailloux dans l'eau pollué du vieux port et il plaisantait très souvent sur les origines de son ami.

« Tu devais être un de ces gars assis toute la journée dans un de ces taxis et qui trouvent le moyen de se faire payer pour raconter des bêtises sur le dos de tout le monde. »

Généralement, Jack comprenait le ras le bol de son compagnon. Il l'invitait alors à boire un verre en faisant un billard. Le travail était devenu pour Jack une famille et une façon de se réinventer une histoire.

« On y va ? »

C'était Maude, qui touchant son épaule, l'invitait à finir sa partie pour profiter de leur soirée. Comme tous les lundis, le restaurant asiatique n'ouvrait pas et nos amoureux profitaient pleinement de leur nuit. Ils prirent leurs casques et quittèrent l'établissement bras dessus bras dessous comme deux adolescents.

Sa belle Harley Noire était étincelante malgré son âge. C'était encore un legs de Simon. Une 1450 cm3 « Softail » à carburateur de 1998 qu'il avait su très bien entretenir et modifier. C'était presque un miracle de la voir tourner encore aussi bien.

Maude aimait beaucoup cette moto, même si la voiture qu'elle conduisait était en parfaite état. Sa belle voiture aussi était de Simon. Néanmoins à moto, ce qu'elle préférait c'était se coller au dos de Jack en écoutant le bruit du moteur qu'elle s'imaginait être le bruit du battement de leurs cœurs. Elle avait l'impression que le temps s'arrêtait et cette légèreté lui convenait, même si cela ne durait jamais assez longtemps.

Ils étaient presque arrivés. La route était une longue avenue et de chaque côté des platanes énormes commençaient à perdre leurs feuilles. Cela créait un décor magique laissant la lumière pénétrer ici et là dans des tunnels de branches et de feuilles. Certaines maisons semblaient inhabitées et personnes n'étaient dans les rues à part quelques vieux qui se faisaient balader par leurs chiens. Des voitures garées de chaque côté semblaient figées là depuis longtemps. Il était tout juste dix-huit heures passées. Seuls quelques virages séparaient encore nos amoureux de leur domicile mais, au moment de tourner à droite comme à son habitude, Jack continua tout droit le long de l'avenue en feignant de ne pas entendre les questions de Maude sur ses intentions. Quand enfin arriva un feu de stop et qu'ils furent immobilisés, elle s'éjecta de la moto et ne voulut plus y remonter sans une explication :

- « Je n'irai pas plus loin si tu ne m'expliques pas. Où va-t-on ?

- Tu ne travailles pas ce soir chaton alors, je pensais que nous pourrions en profiter pour aller faire un tour en ville !

- Nous irons où tu voudras après que je sois rentrée. J'ai mal au pied dans ces chaussures et ma douche me manque. D'ailleurs, je ne suis pas la seule qui aurait besoin d'une douche. Et qui sait si… ?! Alors, tu nous ramènes à la maison ? »

Jack avait compris le non-dit et comptait bien en profiter. Ils reprirent la route et arrivèrent devant le portail quelques minutes plus tard !

Devant l'entrée située à l'étage d'une belle maison au toit rouge, Jack s'arrêta pour lui faire des révérences et lui ouvrir le passage. Sans vouloir rentrer dans son petit jeu, elle poussa la porte et alluma la lumière de leur petite demeure louée à un couple de retraités d'origine italienne qui était toujours en voyage où chez leurs enfants. Ils avaient trouvé en Jack un bon moyen de partir tranquille sans se soucier des affaires de la maison. Jack et Maude habitaient tout l'étage et ce petit couple de voyageurs s'accommodait parfaitement du bas. Les « Guerini » étaient des retraités très gentils. Lorsque Jack se retrouvait seul à la maison, Madame Guerini lui montait parfois un plateau de pâtes fraîches ou l'invitait à dîner avec eux et, il les écoutait pour la énième fois lui conter leurs histoires de voyage à travers le monde avant que les frontières ne se ferment et ne se rapprochent d'eux. Bien sûr, les Guerini ignoraient son histoire et ils ne savaient pas la douleur qu'ils faisaient naître en lui à chacun de leurs récits si précis.

A peine rentrée, Maude s'était dirigée directement vers la salle de bain et s'était précipitée sous la douche. La porte était restée entre ouverte et Jack, resté dans la grande salle qui communique avec toutes les autres pièces, l'observait. On pouvait voir son corps à travers la vitre. Elle était si belle ! Ses beaux cheveux noirs étaient plaqués contre sa peau. Elle lui apparaissait tel un ange. Il en était follement amoureux même s'il ne le lui avait jamais dit.

Jack l'aimait d'un amour vrai. Elle était devenue son monde, son refuge, sa raison de vivre et, la mort de Simon n'avait fait que les rapprocher. Maude aussi était attachée à Jack. Ils se ressemblaient tant et puis elle avait trouvé en lui un protecteur et un ami. Cependant, beaucoup de mystères demeuraient entre eux. Ils préféraient parler de l'instant présent. Il n'y avait pas de place pour leurs passés ou pour l'avenir dans leurs discussions. C'était une autre forme de légèreté qu'aimait Maude dans leur relation.

Pendant sa douche, Jack s'était endormi dans le fauteuil. Elle se plaça derrière lui et laissa traîner ses cheveux encore mouillés sur son visage.

- « Je croyais que tu voulais sortir mais tu m'as l'air plutôt amoché !

- Tu es prête ? » Dit-il en la renversant subitement sur lui. Elle vit à son regard qu'il ne parlait pas de sortir mais plutôt de ce qu'elle lui avait mis en tête sur le chemin du retour.

Il la prit dans ses bras et la ramena vers la douche. Elle tourna le robinet de la douche qui fit monter une buée épaisse dans toute la pièce. Leur bonheur était si parfait !

Au bout d'un bon moment. Elle en ressortit, laissant Jack tout seul, pour se préparer à sortir. Elle monta le volume de la radio sur un air triste d'une chanson française. C'était l'un des morceaux préférés de jack... Ce bon vieux crooner d'Aznavour, qu'il connaissait par cœur. Sa voix comme à l'habitude épousait parfaitement les notes d'un « La Bohême ». Il sortit à son tour de la douche et en arrivant prés de Maude, il la vit songeuse près du poste de radio, perdue dans ses idées.

- « Qu'y-a-t-il ?

- C'est cette musique, c'est toi !

Tu parles notre langue avec un accent mais tu t'exprimes en français sans aucun accent. Tu es métis. Tu as cette sensibilité française que les gars d'ici non pas. Tu sais depuis toujours que tes racines sont françaises alors pourquoi ne pas avoir entrepris de démarches pour retrouver ton passé ? Tu pourrais le faire maintenant que les ambassades ont repris du service.

- Laisse tomber, lui répondit-il en rigolant. J'étais peut être un sérial killer ou je ne sais trop quoi encore. Laisse tomber cette question et sortons ! Ce n'est pas important ce soir ! D'ailleurs, toi aussi tu parles français.

- Tu crois que je ne te connais pas ! Tu y penses de plus en plus à ton passé et sans parler de ces nuits où tu quittes le lit pour aller dehors durant des heures. Et surtout ne me dis pas que ce n'est pas important. Simon me racontait vos discussions et la tristesse qui était la tienne. En ce qui me concerne, je me souviens très bien de mes années d'étude et de mon intérêt pour cette langue dès le secondaire »

Jack changea de ton comme pour couper court à cette conversation qu'il ne voulait pas avoir.

« Tu voudrais gâcher la soirée ? »

Sur cette question, elle baissa la tête et se dirigeant vers la chambre, elle décocha une phrase en douceur qui le fit s'asseoir.

– « J'aimerais aujourd'hui avoir un enfant de toi Jack mais le père de mon enfant sera quelqu'un de posé et de stable, quelqu'un qui aura des repères. Toi tu n'en as pas. J'ai trente-cinq ans et toi tu dois facilement te rapprocher de la cinquantaine. Je crois qu'il est temps que nous battissions un avenir.

– J'ai un boulot qui paie bien, j'suis sympa et je te fais bien l'amour…ça devrait te suffire ! Il voulait par cette phrase réintroduire un peu de légèreté dans cette discussion qui prenait des tournures inhabituelles.

– Fais pas l'imbécile Jack, je sais que tu me comprends ! Je veux certes un enfant mais avant tout, je te veux, toi ; pour le futur, dans le présent mais aussi avec ton passé et qu'importe qui tu étais, je serai là ! »

Le visage de Jack s'assombrit un peu plus et son regard joueur se transforma en un masque figé.

- « Cela est-il un don chez vous les femmes ?! On partageait un moment sympa il y a encore cinq minutes et te voilà partie sur un sujet qui ne va rien nous apporter sinon une mauvaise soirée.

Parlons du passé alors si tu veux bien ! je vis avec une femme dont je ne sais rien. Tu as débarqué un jour fuyant je ne sais quoi ou je ne sais qui et tu as débarqué dans ma vie. »

- « Tu as du culot de dire ça, c'est toi qui m'a fait du rentre dedans pendant trois mois.

- Qu'importe ! Qui es-tu Maude ? je crois que tu n'es pas prête à me le dire toi-même. Alors, tu ne devrais pas me faire ces remarques ? Il se peut que dans le chaos de ce monde, notre bonheur ne tienne qu'au fait que nous sommes personne. »

Il y eut un moment de silence. Puis, elle l'invita à s'habiller. Le temps était venu pour elle de se libérer du poids du passé et elle tenait à le faire ce soir. Le ton jusque-là très calme s'était légèrement durci. Elle rentra dans la chambre, et en ressortit quelque minute plus tard toute habillée alors que Jack était resté dans le fauteuil sans bouger.

- « Alors, tu ne sors plus et tu ne veux pas savoir d'où je viens et qui je suis ?

- Maintenant que tu vas me le dire, je ne sais pas si je veux vraiment l'entendre chaton !

- Je crois surtout que tu as peur de découvrir ton passé, mais il te faudra tôt ou tard l'affronter ! »

Elle était allée trop loin en lui parlant de son désir de porter son enfant et maintenant qu'elle avait franchi cette étape, il y avait un chemin par lequel il était obligé de passer au rythme qu'elle lui imposait.

Sur ces mots, elle sortit et se dirigea vers la voiture. Jack ne prit que quelques minutes pour la rejoindre. Sa tenue était simple et habituelle, un jean propre, un t-shirt noir et une petite veste soignée.

Elle était assise côté conducteur écoutant la musique country diffusée à la radio. A son approche et sans quitter la voiture, elle changea de fauteuil lui laissant ainsi le volant de la Ford bleue.

La route fut silencieuse et seule la radio cassait ce lourd silence en présentant l'actualité météo. Au lieu d'aller au bowling, la voiture s'immobilisa dans le centre-ville devant un petit resto spécialisé en cuisine créole des Caraïbes.

Toujours silencieux, il la regarda :

- « Maude, si ce que tu veux me dire me fait courir le risque de te perdre alors, je ne veux rien entendre. Et quoi qu'il se passe à partir de cet instant, où que nous mènerons nos mémoires et nos recherches, je voudrais te dire que tu es la plus belle chose, le plus beau cadeau que j'ai pu avoir dans cette vie. Et je pense qu'aucun bonheur dans cette vie ou dans une autre ne saurait être meilleur que celui que tu m'as donné.

Elle l'observait et ne disait mots mais, la tendresse l'avait envahie.

- Tu me parles comme devant être séparé par la mort. Rassure-toi ! Rien, ni personne ne me fera remettre en question mes sentiments pour toi mais tu es en droit de mieux me connaître à présent. C'est cela ma preuve d'amour. Je m'excuse si j'ai été un peu brusque tout à l'heure. J'aimerais tellement te voir accompli. »

La porte de l'entrée recouverte de couleurs sobres laissait passer la musique et la chaleur de l'accueil. Ce fut le patron en personne qui vint les saluer et les conduire à leur table.

Une fois installée, elle commença son récit et en trois sigles, elle sut expliquer la situation. Jack n'en revenait pas. « Une PTI ? Tu fais partie d'un programme de protection de témoin important ?»

Ces sigles du monde juridique venaient de découvrir une partie du mystère de sa belle ! Maude venait de lui expliquer qu'elle bénéficiait d'une protection pour les témoins clefs dans des affaires graves et, qu'elle courait chaque jour le risque d'être retrouvée.

- « Je ne suis pas arrivé dans ce trou paumé par hasard. Comme tout le monde, j'avais une famille et aussi des amis mais j'ai dû tout abandonner pour fuir et rester en vie.

Jack se mettait à observer autour d'eux en se jouant de son récit. Il n'attendait que cet instant où elle lui dévoilerait l'envers de la plaisanterie, mais en vain.

Elle avait été la maîtresse forcée d'un puissant mafieux qui en plus de son trafic de drogue détenait tout le réseau de prostitution à Boston. Il était si puissant qu'il pouvait se permettre de faire chanter son père qui travaillait aux affaires fédérales. Elle n'avait jamais su comment cela était arrivé mais il semblerait que son père n'ait eu aucun moyen de faire marche arrière. L'histoire était complexe si bien que Maude n'avait pas eu le choix non plus d'être avec lui. Elle était une petite garantie pour le bon déroulement de ses affaires. Lorsqu'elle voulait partir, il faisait venir son père et il en faisait un exemple en l'humiliant devant elle. Il l'avait même obligé à tirer sur une pauvre prostituée en tenant sa main sur le revolver. La femme morte sous ses yeux n'avait pourtant rien fait qui méritait cela ; c'était un jeu, une façon de lui rappeler quel aurait pu être son sort ou celui des siens.

Un matin, alors qu'elle avait une permission de sortir dans le quartier, le bureau fédéral l'avait informé de l'accident tragique dont avait été victime son père au cours d'une opération de terrain qui avait mal tourné. Profitant de cette ultime occasion de se libérer, elle se rendit chez les fédéraux et raconta tout ce dont elle avait été témoin depuis ces deux années de semi-détention. Après cela, elle avait changé plusieurs fois de ville, de maison et de travail.

Sa mère était encore en vie. Elle était hospitalisée dans un état grave d'une maladie dégénérative et n'avait pas les moyens de suivre sa fille dans sa fuite. Son suivi médical ne pouvait être réalisé que par quelques grands hôpitaux du pays. Séparée l'une de l'autre, elles n'avaient pas le moyen de reprendre contact sans risque.

A la fin de son histoire Jack était sidéré, il avait la bouche entrouverte et les yeux fixes. Il la regardait avec un air dépassé. Tantôt ses yeux se posaient sur ses lèvres, tantôt il la regardait droit dans les yeux.

- « Jack, chaque jour qui passe, je prie pour que tu ne sois jamais impliqué dans cette histoire et que jamais tu n'aies à en souffrir. J'ai appris que cette crapule était morte l'année dernière, tué par sa propre garde mais je dois encore rester à l'écart dans l'attente d'un procès qui ne viendra peut-être jamais impliquant ses associés haut-placés et ses hommes de mains.

Jack était resté silencieux encore et toujours.

- Jack ?

- Et ton vrai nom ?

- Mon nom est Colline Donovan. Mais j'aimerais que pour nous rien ne change. J'aime quand tu m'appelles Maude. C'est comme cela que l'on s'est rencontrés et aimés !

- Eh bien ! Je savais que j'avais affaire à une princesse mais pas à la reine de la mafia. »

Jack voulait la faire sourire mais quand il vit qu'elle ne réagit pas, il se reprit :

- « Pour tout le mal qu'on a pu te faire, je te demande pardon. Je suis là aujourd'hui et je t'aime de tout mon cœur !

Elle releva la tête et le fixa tendrement.

- Tu n'as pas à demander pardon Jack car, tu es aussi le plus beau cadeau de ma vie. Mais, fallait-il que je te révèle des choses aussi graves pour t'entendre me dire que tu m'aimes ? Rien que pour cela, j'aurais dû le faire plus tôt ! »

Le garçon de table arriva de nouveau avec les desserts. La conversation s'arrêta. La soirée se passa sans autres grandes émotions, puis ils rentrèrent à la maison. Maude resterait Maude et Jack restait à être découvert.

Le lendemain, il ne se rendit pas au travail prétextant une douleur aux genoux et tandis que Maude regagnait lentement le travail, il se posa sur son balcon et réfléchit longuement. La sincérité et la confiance de Maude lui avaient ouvert le cœur et cela avait fait naître en lui son désir de retrouver son identité. Il ne savait par où commencer mais il voulait se retrouver. Il chercha toute la journée auprès des hôpitaux pour essayer de trouver une trace mais cela fut impossible.

Des mois passèrent et la vie suivit son cours. Des nouvelles terribles arrivaient de l'étranger mais ici les gens préféraient les ignorer et vivre leurs petites vies et leurs grandes souffrances liées à la crise sans précédent que traversait le pays.

Leur couple s'était renforcé depuis la déclaration de Maude mais les absences de Jack se faisaient sentir de plus en plus et son comportement avait changé. Le grand Jack était de plus en plus empreint aux doutes et à des humeurs que seule Maude pouvait encore supporter. Sa recherche d'identité était devenue une obsession qui ne débouchait sur rien. Il y avait eu dans le pays un trop grand nombre de personnes qui avaient disparu et les demandes de recherche s'étaient entassées dans les bureaux retardant ainsi l'enquête de Jack.

Retrouver son identité relevait de l'impossible. Lui-même avait résumé la situation en ces mots : « Retrouver un corps après un génocide. »Maude l'encourageait chaque jour car chaque jour il avait besoin qu'elle lui fasse sentir sa présence dans ses recherches.

Un matin, les gars du port firent éclater une grève, bloquant ainsi les machines et les activités de décharge, en prétextant des conditions de travail trop dures dans ce système d'échange mondial qui s'était aggravé. Les frontières et les embargos pesaient de plus en plus fort sur l'économie de ce petit port. Et la méfiance des états n'avait fait que rajouter à une situation déjà difficile. Les avancées technologiques touchaient directement cette formation de dockers et les entreprises souhaitaient automatiser d'avantage leurs outils de gestion et de production.

Après un mouvement de protestation avec ses camarades, Jack passa voir Maude au travail pour son service de midi, et comme il ne pouvait rester trop longtemps seul avec elle à cause de l'Orque, il rentra à la maison. En arrivant devant le portail, il stationna sa moto et monta les marches assez rapidement. En poussant la porte, il eut la surprise de trouver une grande enveloppe.

Il la prit et la jeta sur la table. Madame Guerini, inquiète de son arrivée si tôt dans la journée, vint à sa rencontre. Elle frappa à la porte entrouverte et l'appela mais Jack était déjà sous la douche.

- « Tout va bien Jack ? Ce n'est pas dans tes habitudes de rentrer si tôt.

- Rassurez-vous, il y a grève au port. C'est très gentil d'être passée Madame Guerini. Vous êtes une mère pour moi !

- Je suis rassurée ! Tu as du courrier ! Le facteur m'a dit qu'il venait de l'ambassade de France. »

A ces mots Jack, stoppa la douche et écouta attentivement les mots de madame Guerini qui s'excusait déjà en le saluant. Immobile, un frisson lui parcourut le corps. Plusieurs mois auparavant, il avait sollicité les services de recherche de l'ambassade de France et cette missive devait en être la réponse. Il prit juste sa serviette avec laquelle il s'enroula et se dirigea vers la table où l'attendait l'enveloppe.

Sur l'enveloppe était inscrit le nom de l'expéditeur et ses fonctions.

DE : Mme Souffrin Maëlle,Responsable des enquêtes administratives

De l'ambassade de France

4101 Reservoir Rd NW, Washington, DC 20007, United States

Avec l'accord de la coalition International de Paris et du CRISM (Corp, Résistance, international, Security, Military)

Objet :Information Identification Jour zéro

145 street blackrock Pour M. Jack 392VD Chez Mr et Mme Guerini

Un peu plus tard, la voiture de Maude s'immobilisa devant la cour. Elle semblait fatiguée mais il savait qu'elle ne se plaindrait pas. Il l'observait par la fenêtre un verre de bourbon à la main. Ses pas résonnaient dans les marches et dans sa tête. Il ignorait encore comment commencer sa phrase. Tout était différent. Ce qu'il ressentait ressemblait à ce qu'il avait vécu dans cette chambre d'hôpital sept ans auparavant. Les quelques mots de ce courrier avaient apporté tellement d'informations et tellement d'autres questions.

- « Jack ?

- Non ; François, dit-il en baissant la tête vers son verre.

- Excuse-moi Jack, je suis épuisée et je ne comprends pas ton humour ce soir !

- L'ambassade de France m'a répondu... ! »

Elle continua son entrée en plaçant sa main sur son épaule et silencieusement en déposant ses affaires, se déchaussa dans un soupir, puis elle vint près de lui.

« Laisse-moi appeler le restaurant pour les prévenir que je ne viendrais pas ce soir ! »

Elle s'absenta un moment dans la chambre puis elle revint.

« - Cela n'a pas l'air de te plaire ou de te convenir ?

- C'est juste ! Il n'y a toujours rien qui me revient et tant d'autres questions qui s'y ajoutent ! J'ai tout ou presque mais je ne possède toujours aucune trace de ces choses dans ma mémoire.

- Ne cherche pas à aller trop vite ! Faisons les choses par étapes et aujourd'hui, c'est l'étape de la découverte. Laisse pour une autre fois les souvenirs.

- Eh bien, Je m'appelle François ! Né dans une île française au beau milieu de l'océan Indien, j'ai quarante- sept ans, j'ai été marié à une femme et j'ai eu deux enfants. Ils ont tous trois disparus lors de ce que tous appellent ici « the rapture-day ». J'aurais entrepris mon voyage depuis la France le matin même de leurs disparitions. Et dans la confusion, j'ai été porté disparu également !

Plus jeune, j'ai été enregistré sur des listes de la fédération de surf ; j'aurai habité à l'île de la Réunion avant qu'elle ne devienne plus autonome au niveau politique. J'y ai passé la première partie de ma vie jusqu'en 2006. J'ai ensuite habité la ville de Lyon en France, avant d'aller y vivre sur la Côte Ouest. Ils m'ont communiqué mon groupe sanguin et mes différents bilans de santé. J'ai reçu le nom des sociétés qui gèrent mes contrats d'assurance ainsi que la banque où j'étais et les affaires d'héritage dans laquelle mon nom apparaît.

Malgré ça, je ne sais toujours pas qui je suis ! Washington m'accorde le droit au sol et le droit de sortir et d'entrer librement du territoire à cause du grand nombre d'années passées ici et de mon intégration mais la France souhaiterait que je continue mes recherches sur le territoire français. Mon interlocuteur souhaiterait également procéder à mon implant d'identification en France pour réactiver mon profil social et m'ouvrir des droits. C'est un procédé simple d'injection d'une nano puce sous ta peau qui regroupe toutes les informations de ton identité et qui te donne ainsi accès aux services publics. Et pour ça, ils ont joint des duplicatas et des dérogations officiels me permettant de voyager et de circuler librement aux aéroports. Pour l'heure le seul contact vivant qu'il me reste est le frère de ma femme disparue. Il vit dans l'est de la France, dans les montagnes de la Haute Savoie.

Hormis quelques autres détails administratifs qu'ils ont bien voulu rajouter, je ne sais rien d'autre !

- Et quel âge avaient tes enfants ?

- Ils avaient deux ans d'écart ; l'aîné n'avait même pas sept ans.

Elle se rapprocha et le prit dans ses bras.

- Jack ! Sache que je suis toujours avec toi ! »

2 L'enrôlement

« Ça y est ; Réveille-toi chaton ! Nous sommes arrivés à Burdignin en Haute-Savoie. Regarde comme elles sont belles ces montagnes de France. »

La voiture Hybride de location venait de s'immobiliser face à une grande maison devant laquelle une jolie terrasse semblait accueillir les invités. Une grande cour sans clôture en pente bien entretenue donnait une impression de tranquillité. De l'autre côté de la route, au loin, on pouvait apercevoir la vallée verte et les montagnes environnantes. Un peu plus haut sur la route, une vieille chapelle noircie semblait être abandonnée. Le ciel bleu du mois de Mai enjolivait parfaitement les milliers de petites fleurs blanches qui couvraient le sol.

- « Les volets sont ouverts mais je n'y vois personne. J'ai un peu peur de ce qui va se passer. Eux me reconnaîtront mais, ils n'en savent rien de mon amnésie. J'aurais dû peut-être les appeler avant de venir.

- Il est trop tard pour faire marche arrière Jack. »

Maude venait de poser sa main sur la poignée de la porte du gros 4x4 ; ce qui obligea Jack à prendre les devants. Il monta dans cette jolie petite allée qui conduisait à la porte d'entrée en ayant la désagréable impression de flotter dans ses grosses chaussures de marche. Il s'immobilisa devant la porte, respira profondément et n'appuya sur le bouton de la sonnette que lorsque la main de Maude se posa sur son épaule.

Une petite voix de femme se fit entendre de l'intérieur et quelqu'un sembla descendre les escaliers en courant. La porte s'ouvrit et lorsque les yeux de Jack s'immobilisèrent dans les yeux de celle qui lui faisait face il y eut un temps mort. Le monde s'était arrêté de tourner un instant. Ses petites mains encore accrochées à la poignée de la porte semblaient retenir tout son corps sur le point de s'effondrer.

- « Franç..., qu'est-ce que… ? »

Des larmes coulaient dans les yeux de cette inconnue mais Jack restait immobile. Elle l'observa attentivement et comprit très vite que quelque chose lui échappait en Jack. Son tatouage dénotait avec l'homme du passé et cette femme qui l'accompagnait montrait bien qu'il avait franchi une nouvelle étape. Sans rien comprendre, elle se ressaisit et l'écouta silencieusement.

- « Pardonnez-nous de vous déranger, j'aurais dû vous appeler auparavant mais les choses ne se passent pas toujours comme on le souhaite !

Je suis victime depuis des années d'une amnésie lourde qui m'a fait oublier totalement mon passé et vous êtes, vous et votre famille, mon seul lien avec ma mémoire oubliée. Je sais bien que vous me reconnaissez mais pour moi c'est différent. Et, … »

Elle ouvrit la porte et les fit entrer sans attendre la suite. Elle se dirigea lentement vers le téléphone portable qui était sur le meuble d'entrée en faisant un petit geste qui semblait mettre en attente les visiteurs. Après avoir envoyé un message écrit qui semblait très court, elle revint vers la grande pièce à vivre, combinée à la cuisine, où Jack et Maude se tenaient debout main dans la main. Elle gardait le silence comme pour digérer ce dernier pic émotionnel. Elle les fît asseoir sur le banc de bois vernis de la grande table de la salle à manger. Et pendant qu'elle préparait une boisson chaude, elle reprit enfin la parole.

- « Oui, je te connais François. Mais, il y a certaines choses qui ont changé apparemment. Jusqu'à ton arrivée, tu n'étais plus qu'une grosse pierre blanche sous notre poirier. L'oncle, le beau-frère disparu que nous croyions mort pour toujours. Il y a sur cette pierre ton nom et celui de ta femme, de tes deux enfants, ainsi que des parents de ton épouse. Nous l'entretenons toujours avec beaucoup d'émotion. »

En s'arrêtant un instant et en se retournant vers eux toute défaillante encore.

- « Pardonne ma façon d'agir ! C'est à un mort que j'ai ouvert ma porte. Vous avez tous disparu sans rien laisser ; pas même de mots, de corps, de sens à tout cela…et te revoilà aujourd'hui. »

Jack était en suspens. Il fronçait les sourcils comme pour mieux pénétrer ce que cette femme lui disait. Le bruit de la porte d'entrée se fit de nouveau entendre et un homme apparut. Il semblait être très ému de les voir là, à sa table ! Il était resté figé dans le couloir de l'entrée face à eux. Il libéra les deux petits chiens qu'il portait dans ses bras.

- « Il ne se souvient pas de toi Rody, Il a complètement perdu la mémoire ! » lui lança rapidement sa femme sur un ton sec qui trahissait une certaine émotion ainsi que de la déception.

Malgré cela, il s'approcha lentement et étreignit Jack dans ses bras quelques secondes. Ses larmes coulèrent silencieusement puis il se retourna et repartit vers l'entrée pour y ôter ses chaussures. Il essuya ses larmes et vint s'appuyer au plan de travail de la cuisine au côté de sa femme. Maude semblait ne pas exister mais elle avait eu l'intelligence de s'effacer en se tenant prête à soutenir son homme.

Ce petit couple d'une cinquantaine d'année avait des filles qui étaient en étude en Suisse. Elle, elle ne travaillait plus tandis que lui était superviseur d'une société d'usinage dans la vallée un peu plus bas !

Ils s'assirent tous ensemble autour du café pendant que Jack racontait son histoire. Et ils n'en perdirent pas une miette. Depuis le jour où Jack se réveilla dans sa chambre d'hôpital jusqu'à ce courrier de l'ambassade de France rien ne fut oublié. Puis Rody se leva, alla vers la table de cuisson pour mettre la hotte aspirante en route à son maximum. Lorsqu'il revint s'asseoir, il demanda à ce que tous éteignent leur téléphone portable. Puis, il les récupéra dans un sac et les plaça dans la pièce d'à côté.

- « Si je fais cela, c'est parce que nous sommes certainement écoutés ! Tu sembles véritablement déconnecté de ton passé et même de l'actualité mon vieux ! »

Un long récit commença. Rody ne s'attacha pas beaucoup à la personnalité d'autrefois de Jack mais son récit était fait de choses incroyables qu'il présenta doucement en gardant les yeux figés sur sa tasse de café qui lui servait à ponctuer son récit.

« Avant d'être Jack, tu appartenais avec ta famille et mes parents à une église qui annonçait l'évangile de Jésus que vous reconnaissiez déjà comme le Christ. Je commence par là car, tout le reste n'est que secondaire et, je ne prétends pas non plus t'avoir si bien connu puisqu'avec ma sœur vous aviez fait le choix de l'éloignement géographique. Cette église se faisait un point d'honneur de poursuivre l'essence de la révélation divine non à travers des nouveautés mais, par le retour aux sources bibliques qu'avaient commencé avant vous d'autres protestataires de leur époque.

Tu étais un homme de foi et comme tout homme de foi, tu croyais de façon irrévocable aux saintes écritures en essayant de mener avec ta petite famille une vie de témoignage en faveur du Dieu de la bible. Avec ma famille proche, nous y accordions peu de place et la vie semblait s'écouler paisiblement pour tous. Il n'y avait pas de différence entre croyant et non-croyant et il semblait même que nous étions moins à plaindre que vous.

Un jour l'inimaginable s'est produit.

Nous l'appelons ici le jour zéro et vous « the rapture-Day » ou plus simplement l'enlèvement de l'église tel que prévu par le livre de la Bible des siècles auparavant ! Qui aurait cru que cela se passerait vraiment, si vite et si brutalement ? C'était quelque chose qui dans ma mémoire d'enfant s'apparentait au croque mitaine. Une façon d'effrayer les enfants chrétiens pour qu'ils restent sages sous peine de ne pas aller au paradis. J'ai pris du temps avant de réaliser à quel point je m'étais trompé, mais je ne peux refaire le passé.

Jack - Que s'est-il réellement passé ce jour-là ?

Rody- J'y viens. Cette expression couvre un moment de grande désolation qui eut des conséquences énormes sur la suite de notre histoire. En un instant des millions de personnes ont disparu ensemble et des milliers d'autres se sont suicidés à travers le monde et un grand nombre sont mort de ses conséquences directes. La confusion était telle que des mois entiers s'écoulèrent après ce jour sans que personne ne sache expliquer ce qui s'était passé. Il était difficile également de faire la part entre ceux qui avaient disparu, ceux qui en étaient morts ou qui s'étaient donné la mort. Ce fut le chaos partout, un chaos total ! Les gouvernements étaient déstabilisés.

Pour mettre fin à la panique générale des lois d'urgence furent votées en faveur des renseignements d'état, de l'antiterrorisme et de la protection nationale dans pratiquement tous les pays. Cela entraîna la fermeture des frontières et la naissance de nouvelles lois de contrôles et de détentions. Des lois qui ont jeté dans les rues des soldats et de nouveaux groupes armés pour limiter les pillages, les contaminations et les actes de désespoir. Les théories les plus folles furent alors avancées. Mais la réalité c'était que personne n'y comprenait rien. Puis, lorsqu'ils parvinrent à établir le lien entre ces événements et les écrits biblique, ce fut, à l'inverse de ce que nous espérions. Ce fut la fin de toute liberté !

Une coalition des hommes les plus riches, assoiffés d'un plus grand pouvoir flaira la bonne opportunité de s'établir comme les nouveaux maîtres des nations. Ils firent des promesses de sécurité en s'appuyant sur des mensonges. Ils mirent en place un système de surveillance globale doté d'une armée nombreuse et de gros moyens technologiques comme la nano puce électronique que nous portons tous en nous. Cette coalition, qui avait pour but la sécurité et un monde plus rationnel, prit de plus en plus de place. Ils nommèrent pour le bien des pays un chef d'état suprême, renouvelable chaque année, placé sous le contrôle de dix hauts dirigeants organisés en directoire. Les religions de toutes confessions furent sévèrement réprimées et dans chacune d'entre celles qui voulaient continuer à exercer, il devait exister une surveillance d'état. Une sorte de veille pour contrer les dérives. Mais ces religieux devaient aussi faire allégeance au pouvoir en y établissant à l'intérieur de ses murs de culte le symbole de cette coalition mondiale qui prend la forme d'un dragon ailé lorsque la première et la dernière lettre du sigle sont directement associées. Au sein de cette coalition faite des hommes les plus puissants de la planète, en est sorti un. Il fût encore plus féroce et malin que ses prédécesseurs et il réussit à s'émanciper du directoire en utilisant la ruse comme seule arme. Aujourd'hui, il fait la pluie et le beau temps là où son pouvoir s'étend. Il s'est même depuis peu instauré un culte de la personnalité.

Toutes les bibles furent brûlées et tous les écrits s'y rapportant également. Ceux qui osent le braver finissent en prison ou disparaissent. Aujourd'hui, chaque livre religieux fait l'objet d'un fichage numérique qui donne leurs dangerosités, leurs localisations et l'identité de leurs propriétaires. Et puis, vous le voyez par vous-même que les flux sont facilement traçables car presque tout est en format électronique aujourd'hui.

Jack- Nous n'avons pas de l'autre côté de l'atlantique la même vision des choses et la même pression qu'ici apparemment.

Rody- C'est normal. L'effondrement économique des États-Unis par la perte de sa suprématie sur la monnaie et les coups infligés par une forte coalition des vielles puissances d'orient ont provoqué la fuite des capitaux et des ingénieurs qualifiés. Le monde entier imposa alors un embargo puissant à votre pays pour l'étouffer. Les centres de commandements sont donc passés des États-Unis vers l'Europe, Il n'y avait plus grand chose d'autres à vous imposer après cela car déployer une armée de l'autre côté de l'Atlantique coûtait trop cher. Vous avez été délaissé comme mort et, incapable de vous relever par vous-même.

Tout est allé si vite et chaque nouvelle étape semblait être si bien justifiée que personne n'a rien vu venir. Certains pays sont aujourd'hui encore, plus ou moins autonomes en s'acquittant de lourdes taxes comme la Suisse, le Japon, Israël et les états unis qui font figure d'exception après leur effondrement économique. Mais chaque année les petits pays perdent un peu plus leurs indépendances devant ce mécanisme monstrueux assoiffé de pouvoir que représente le CRISM. Et chaque année, il y a encore plus de frontières qui se ferment aux états voisins accentuant la crise alimentaire et les rapports de force. Le CRISM pratique ainsi une politique de fragmentation des nations pour une meilleure assimilation car, ils savent qu'ils ne peuvent soumettre qu'un nombre limité de pays chaque année. Ils s'accaparent les ressources alimentaires et humaines. Ils les redistribuent ensuite selon des règles de rationnement bien précises tout en devenant militairement et stratégiquement plus puissant chaque année de ce côté-ci de la planète. Il existe ici un salaire unique selon que tu appartiennes à l'un des quatre maillons de la vie de l'état. Le pire dans tout cela, c'est qu'ils ont si bien manœuvré qu'il n'existe pratiquement pas d'opposants. Le CRISM contrôle tout et partout ! Sa force vient de son habileté à reproduire une société clone en brisant les différences culturelles, sociales, alimentaires, philosophiques et linguistiques. Personne n'y était arrivé avant eux car, il n'y avait jamais eu un tel désespoir parmi les hommes.

Jack- Vous nous présentez le CRISM comme une pieuvre malfaisante mais personne n'avait rien vu venir ? »

Femme de Rody- Jack, je vais à mon tour te répondre. C'est une question de logique. Oui, avant cela les nations s'étaient préparées à la guerre, tous avaient consentis que ce fût un moyen de régulation car le modèle économique des grandes nations se basait sur un modèle de croissance. Mais tu ne peux pas bien fonctionner dans un monde où les biens sont limités en adoptant un mode de consommation illimité. Lorsqu'une dizaine de pays pillaient le reste du monde cela ne posait aucun problème mais, avec l'émancipation des nations dans leurs phases de développement économique les problèmes sont apparus. L'illusion de l'infini ne s'opère plus lorsque tous les hommes réclament le même bonheur. Et en quoi consistait ce bonheur ? Croire que nous posséderions toujours plus. Mais lorsque l'enlèvement a eu lieu, les puissants ont trouvé en cet événement une occasion unique de reformater le monde selon un modèle de gestion où ils avaient tout pouvoir. Et dans la peur, nous leurs avons donné ce pouvoir.

Jack- Quels ont été les signes précurseurs de cette volonté d'agir ? Cela devait être visible avant cette ultime occasion.

Rody- Ils se sont rendus capables et coupable de maîtriser le cours d'une crise et donc de l'histoire des nations. Se dotant de toutes sortes d'antidote, ils fabriquèrent toutes sortes de crises pour rendre les hommes encore plus esclaves de leurs machinations. Celui qui maîtrise les tenants et les aboutissants d'une crise possède alors les ressources de tous ceux qui subissent cette crise.

Pour notre part, nous avons rejoint secrètement l'église souterraine qui a vu le jour après ces événements. J'avais pu conserver les bibles de mes parents et la mémoire qu'il n'était pas trop tard pour bien faire aux yeux de Dieu. Elles sont anciennes mais, elles ne sont pas dotées de mouchard. Nous nous réunissons ici et là et nous partageons notre pain et notre espérance nouvelle. Mais, nous sommes tous conscient de notre sort. Notre seule façon d'arriver à contourner leurs surveillances a été d'extraire nos puces électroniques de surveillance et de la réinjecter à nos petits animaux domestiques que nous sortons régulièrement pour ne pas éveiller de soupçon. Ces puces ne peuvent émettre qu'à partir d'un corps vivant et elles ne possèdent qu'une minute d'autonomie hors de ce corps.

Je ne m'attendais pas à te revoir et ça me fait du bien mais, maintenant que tu es là, je regrette tellement de savoir que tu n'aies pas réussi à faire partie de cette ultime occasion de départ. »

Rody avait cessé de parler. Maude était restée appuyée sur l'épaule de Jack qui ne savait plus quoi dire. L'épouse de Rody était plus nerveuse et le discret tapotement de son majeur sur la table révélait qu'elle attendait quelque chose qui tardait à venir. Mais ce qu'elle espérait ne vint jamais. Jack ne parvenait toujours pas à remonter du fond de son abîme le moindre souvenir. Il se leva et se dirigea vers le fond de la pièce puis vers l'écran de télévision éteint.

Il releva la tête vers un cadre photo, se fixa un instant et se retourna vers ses hôtes. Il pointait du doigt la photographie en grand format qui montrait une femme entourée de ses deux enfants. Une femme brune aux cheveux courts qui présentait un joli sourire au photographe et deux petits métis aux boucles légèrement dorées.

« C'était eux ?»

Rody ne fit que remuer la tête pour confirmer. Plus Jack essayait de se souvenir et plus la peur l'envahissait et plus sa déception faisait monter en lui de la colère. Il était tellement navré de ne pouvoir trouver de réponse mais aussi de ne pouvoir rendre l'homme qu'il était à sa famille. Il se sentait étranger en lui-même. Comme un arbre déraciné sans fruit ni feuillage pour lui rappeler ce qu'il était. Se sentir mort face à ceux qui vous aiment quoique vivant.

Rody parlait presque des yeux à son épouse pour trouver un consentement. Ils venaient ensemble de décider que Jack et Maude resteraient à la maison. Et pendant que Jack sondait encore sa mémoire à travers cette photographie, Maude acquiesçait à l'invitation. Elle avait été touchée par cette histoire et, aussi folle qu'elle lui paraissait, elle aussi s'était mise à y croire. Elle avait comme Jack connu l'ancien monde et le récit de Rody venait lui apporter un éclairage nouveau sur l'histoire qu'elle avait connue de si loin mais qui avait été recouverte de beaucoup de mensonges.

Lorsqu'ils furent tous les deux dans la chambre des invités, Maude le prit dans ses bras et tout en silence lui assura de sa présence et de son soutien. Elle était si tendre et avenante qu'il ne put la repousser malgré la pression accumulée.

Le lendemain.

C'était un samedi matin à Burdignin. Un beau et généreux soleil se levait. Maude trouvait de la beauté en toutes choses. Les femmes s'étaient éclipsées discrètement au fond du jardin tandis que Jack se laissait conduire dans un immense garage situé sous toute la surface de la maison. Rody voulait éveiller des choses en lui et puisque les mots ne servaient à rien, il l'amena face à son espace de bricolage. Une bâche bleue recouvrait un Custom Harley en cours de restauration. C'était une belle monture sans guidon en 1200 Cm^2 de 2012 qui laissait encore apparaître les traces de la marque Davidson sur le réservoir.

C'est alors que Jack, sans même prêter attention à ce qu'il avait devant lui, revint sur la conversation de la veille. Il n'était pas encore doté d'une nano puce puisque son coma profond et son amnésie avait retardé l'implant. Mais il devait se rendre à Lyon pendant ce voyage dans un centre médical pour cela. Rody lui fît alors comprendre qu'il devait par tout moyen échapper à cet implant.

Puis, Jack questionna à nouveau Rody car il voulait comprendre le principe de l'enlèvement et pourquoi lui n'avait pas été enlevé en même temps que sa famille. Il voulait comprendre également ce que son beau-frère insinuait par : « être conscient de son sort ? ». Il y avait beaucoup de choses qui échappaient à la compréhension de Jack. Et comme à son habitude, plus il en apprenait et plus les questions s'empilaient.

Rody alluma la ventilation bruyante et tenta alors une explication plus doctrinale tout en sollicitant son aide lors du démontage des bougies de la machine.

- « Jack ; Tout te réexpliquer ne servirait à rien et serait une perte de temps ! La seule chose dont tu as besoin, c'est de retrouver ton Dieu. Trouve le, retrouve la foi et tu auras tout trouvé.

- Qu'est-ce que la foi Rody ? Comment l'obtenir ? Comment croire en quelque chose sans avoir au préalable compris le fonctionnement de son mécanisme ? Pourquoi ce christianisme n'a pas fonctionné pour moi à l'époque ?

- C'est sur ce point que beaucoup ont trébuché. Ce que je vais te dire te sera compréhensible mais, je ne sais pas si tu pourras l'accepter.

L'homme attend de voir Dieu pour y croire alors que Dieu attend de l'homme qu'il croit, au moins en son existence, avant de se révéler progressivement mais entièrement à lui !

L'homme est un être réfléchi qui désire tout comprendre or le Dieu de la révélation biblique appelle l'homme à évoluer dans un monde nouveau, complètement nouveau. Ce changement radical nécessite donc que l'homme accepte de mourir à ses anciennes capacités pour pouvoir accéder à la véritable nature et à la véritable force telle que son Dieu lui propose. L'homme a besoin de cela pour évoluer dans ce nouveau monde spirituel. Et, c'est précisément ici que l'homme décroche.

Nous sommes tous incapables d'une telle expérience car elle dépasse notre force et notre logique. Il n'est pas naturel chez l'homme d'aller vers la mort car lorsqu'il acquiert une compétence ou un savoir, il cherchera à le mettre en action devant toutes nouvelles situations. Pourtant, Il ne s'agit pas d'une mort physique mais d'un renoncement total aux produits de notre vielle intelligence. L'Homme doit accepter de faire passer tout le produit de sa vie par le filtre de la justice de son Dieu. En somme, il doit accepter l'identité d'un maître qui pèsera sur toutes ses actions publiques ou personnelles et qui lui transmettra une vision nouvelle conforme à ce qu'il est. C'est précisément dans cette nouvelle acquisition que se trouve la vraie liberté de l'homme car en chemin l'homme constate qu'il est à sa place ; celle qui lui était destinée avant de naître, celle où il est en paix.

C'est ce que l'on nomme la foi. Elle ne nécessite pas premièrement la compréhension.

Comprendre l'œuvre de la création vient après avoir accepté de Dieu la place qu'il nous offre. Lorsque l'on reçoit d'un proche un bien, nous acceptons ce bien non à cause du bien en lui-même, mais à cause de la main et de la personne qui tend ce bien.

Trop d'analyses ont tué la foi et ont rendu nos efforts inutiles. Dans cette nouvelle sphère d'une relation qui repose sur la foi, comprendre appartient aux amis à qui les choses sont révélées. L'homme doit donc avant toute chose accepter ce que son créateur a voulu pour lui, qu'il s'agisse de son identité, de sa place, de son œuvre, de son but ou encore du chemin par lequel il doit passer. Accepter parce que cela vient de son créateur !

Au-delà de la révélation, l'homme ne sait rien. Nous pouvons inventer, repenser et nous mentir à nous-même à grand coup d'hypothèses mais, il serait plus respectueux d'accepter notre créateur dans sa volonté et sa grandeur.

- Et qui te permet de parler ainsi ? D'où te vient cette façon de penser ?

- Ce que je te décris ne te semble pas très glorieux mais, ce sont tes propres paroles, Jack. Tu avais établi pendant ta marche spirituelle que la relation de l'homme avec son créateur était progressive. Tu disais qu'il n'y avait que ceux qui parvenaient à accepter la place du serviteur, qui étaient ensuite invités par le maître lui-même à siéger au rang d'ami et d'héritier. Tu disais que la seule responsabilité de l'Homme c'était de courber la tête afin que Dieu y place une double couronne.

Le serviteur n'a donc pas à comprendre ce que le maître fait, même si cela se fait à travers lui. C'est à l'ami qu'il deviendra que ces choses seront révélées.

Le serviteur ne possède rien. C'est l'héritier, le fils qui est en mesure d'apprécier les richesses de la maison du père et d'en disposer.

La relation dépend de la révélation de Dieu qui fait naître en nous la foi et ici ce qui nous sera toujours révélé, c'est Dieu lui-même.

Tu disais qu'à partir de la révélation divine la crainte devait naître en chaque homme et qu'elle consiste à rendre à l'ultime créateur la place qui lui revient.

La crainte est donc l'élément de base de la foi.

Après avoir pris conscience de la place de chacun par cette crainte respectueuse, notre cœur est invité à : L'humilité qui consiste à considérer que celui qui t'envoie sur ce chemin nouveau possède les clefs de la réussite. Il faut donc avant de s'y lancer lui demander les clefs. C'est là la plus haute forme d'intelligence.

- Et après, on fait un cercle et on danse ?

- Méfie-toi Jack. Je commence à croire que si tu n'as pas fait partie du premier voyage c'est par ce que ton Dieu souhaite encore t'utiliser ici-bas et régler quelque chose qui n'était pas encore réglée en toi. Tu devrais écouter ce que je te dis car tu pourrais en avoir besoin très bientôt. En résumé, la révélation réclame la sagesse. La sagesse se manifeste par la crainte. La crainte pousse vers l'intelligence de l'humilité qui aboutit à une soumission totale. C'est cela la foi ! »

Les femmes étaient de retour et, il était l'heure de l'apéro. Maude posait beaucoup de question sur cette foi qui lui semblait authentique. De son côté, Jack réfléchissait au mécanisme de la pensée de Rody plus qu'à la mécanique de la moto et se promit d'y réfléchir davantage. Il avait ressenti dans chacune de ses phrases une impression étrange. Au garage, il s'était presque senti capable de finir le raisonnement de Rody malgré son air moqueur. C'était la première fois qu'il se sentait capable d'une telle chose vis à vis du passé. Aussi fragile que soit ce filet de mémoire, il se devait de l'exploiter.

Le lendemain à l'heure du déjeuner, il vit Maude s'éloigner le portable à la main du côté du jardin et lorsqu'il la revit elle était en larmes. Elle s'était assise sur le muret de l'entrée, là où Jack la découvrit lorsqu'il vint la chercher pour passer à table. Sa mère malade à l'hôpital était en train de vivre ses dernières heures et elle souhaitait revoir sa fille avant le grand départ.

Son agent de contact lui permettait de la revoir une dernière fois. Il avait déjà organisé la rencontre mais cela devait se faire très rapidement. Aussi triste soit-elle, elle prit Jack par le cou et s'excusa de ne pouvoir poursuivre ce voyage à ses côtés. Elle devait rentrer mais elle insista pour rentrer seule, sans lui. Il était important à ses yeux que Jack aille jusqu'au bout de sa recherche et qu'il en revienne complet.

Elle savait aussi qu'elle ne verrait pas l'île natale de Jack car son droit de séjour avait été délivré de façon exceptionnelle par les autorités compte tenu de la situation de Jack. Mais, elle était impatiente de revoir sa mère. Ce fut leur dernier repas ensemble.

En remontant dans la voiture, Rody s'approcha de lui par la vitre ouverte. Il lui fit l'aveu que la moto du garage était la sienne, récupérée à son domicile après leur disparition. Il y avait trois choses qu'il avait gardées ; la moto, la photo encadrée dans le salon et une bible d'étude qui avait appartenu à Jack autrefois. Puis, Rody lui remit cette bible en lui montrant à quel point elle lui avait été utile par les annotations que Jack avait laissées à chaque coin de page.

Rody- « Elle m'a redonné espoir lorsque personne n'en avait plus. Je te la rends mais attention ne la montre à personne. Elle est devenue dangereuse pour son porteur. Et n'oublie pas que la foi est un choix, un saut de confiance que Dieu honore. C'est ce que j'ai pu te dire de mieux dans ma vie. Trouve ton Dieu, trouve pourquoi tu es resté ici et nous nous retrouverons tôt ou tard. »

Le pilote automatique de la voiture fît quelques mètres encore et stationna sur la place de parking de l'aéroport de Lyon. Jack sortit les deux grosses valises et après avoir mis son sac à dos, il suivit Maude vers son terminal. Les adieux se firent non sans peine. C'était la première fois qu'ils se séparaient dans ces conditions depuis qu''ils s'étaient mis à vivre ensemble. Elle et lui retournaient à leur lointain passé sans en connaître l'avenir et sans pouvoir s'épauler. Ils se rassuraient du mieux qu'ils pouvaient au milieu de la foule et des nombreux portiques de sécurité installés dans tout l'aéroport. Des hommes armés procédaient à des fouilles aléatoires et Maude avait peur qu'il ne soit trouvé avec le livre. Mais lorsque l'heure vint, ils se séparèrent en se promettant de se retrouver bien vite.

Il lui restait six heures avant son embarquement pour l'île de la Réunion. Il retourna immédiatement au parking. Il ne voulait pas gaspiller son temps. Jack voulait retrouver ce filet de mémoire et le poursuivre jusqu'à la source. Il s'installa du côté passager et sortit ce gros livre de son sac à dos.

Des notes sur toutes les pages et des pages qui renvoyaient à d'autres pages. Il était perdu dans sa recherche et maladroit au milieu de ces soixante-six livres qui n'étaient pas tous classés dans le bon ordre chronologique mais par thématique. Il survolait un peu chaque livre mais comment comprendre en si peu de temps un tel ouvrage. Cela était impossible. Au bout d'un long instant de recherche qui ne l'avait mis sur aucune voie, il referma le livre et baissa sa tête. Perdu et sans secours possible, Jack se tourna vers l'invisible et s'essaya à la prière.

« C'est une chose nouvelle pour moi et j'ai besoin que tu m'aides à retrouver le chemin de la foi. » Ce fut sa courte prière.

Il n'était plus habitué à cela depuis longtemps. Le seul exemple qu'il avait eu durant ce voyage avait été vu chez Rody.

Il rouvrit les yeux puis, doucement il ouvrit le livre à la première page. Cette page, qui généralement reste blanche, était aussi annotée. Il ne chercha pas plus loin. Il força le destin à s'écrire devant lui. Ce qui retint son attention fut ces quelques mots étranges écrits au centre de la page.

« Que celui qui s'en va en guerre se fasse mourir. Qu'il soit lui-même la première victime de cette guerre. Seul un mort peut marcher dans la mort sans avoir peur des terreurs de la mort. Mais sache que la lumière triomphe toujours des ténèbres !»

Jack relisait sans cesse ces mots guerriers en se demandant quel genre d'homme il avait réellement été autrefois. Lui, qui aujourd'hui passait sa vie dans le bruit et la compagnie de ses camarades, comprit qu'une telle annotation était le fruit d'une longue réflexion et peut être d'un long chemin de croix solitaire.

Cette annotation retint si bien son attention qu'elle faillit lui faire rater son avion. Jamais le temps n'était passé aussi vite. Il fallait ne plus en perdre. En partant, il décida de laisser ce livre dans la voiture avec la ferme intention de la lire à son retour. Il se précipita à son terminal d'enregistrement et pendant qu'il s'orientait vers la porte d'embarquement d'un pas rapide, son téléphone portable sonna dans sa poche de veste. Il ne restait que deux personnes devant lui mais il décida de répondre car c'était Maude à l'autre bout du fil qui voulait le rassurer dès son atterrissage. A cause des événements terroristes qui s'étaient multipliés ces dernières années, tous les téléphones devaient être désactivés avant de monter dans l'avion et la sécurité y veillait sévèrement.

Maude semblait vouloir s'éterniser et Jack ne voulait pas la brusquer, mais il subissait la pression du personnel de la compagnie. Les personnes qu'il avait vues devant lui étaient déjà des retardataires. Il lui fit part de mille et un baisers et au moins autant d'excuses en lui promettant de l'appeler dès son arrivée sans oublier de lui rappeler son amour pour elle. Il finit par éteindre et désactiver son téléphone avant de monter dans l'énorme avion qui n'attendait plus que lui pour décoller. Et le voici assis en première classe pour pleinement profiter de ses onze heures de vol avec une escale rapide en terre d'Israël. Il faut dire que tous les couloirs des trafics aériens avaient été modifiés par les conflits internationaux. Pour ne rien perdre financièrement les compagnies et les états avaient consenti à regrouper des vols à partir d'aéroports clefs. Ainsi, ce vol contenait de nombreuses nationalités, qui avaient composé une partie de l'ancienne Europe et qui servait à distribuer l'ensemble de l'Océan Indien à partir de l'île de la Réunion.

Ce vol partait de France et longeait la méditerranée jusqu'en Israël où une première escale était faite permettant aux premiers passagers de la zone de descendre. Le choix d'Israël était un peu forcé car, malgré une certaine opposition à la politique du CRISM, il était le seul pays de la région où régnait une véritable sécurité aérienne grâce à ses capacités militaires hors norme. Leurs moyens militaires et de renseignement étaient si impressionnants que même leurs ennemis frontaliers d'autrefois étaient sous contrat avec eux pour la défense de leurs espaces de sécurité. Certes, c'était une alliance de paille mais cela profitait à tous. Puis en quittant cette terre d'escale, l'avion se dirigerait vers les tropiques jusqu'à atteindre son but ; les terres ensoleillées du sud.

Avant la création du CRISM (Corporation, Résistance, international, Security, military) et pendant la grande période d'instabilité, Israël avait redéfini lui-même le territoire du pays. Il imposa ses nouvelles frontières autour desquelles furent élevés des murs de béton si larges que deux voitures pouvaient s'y croiser. C'était le produit de l'association de tous les riches investisseurs juifs du monde entier et des ressources provenant de l'énorme réserve de pétrole et de gaz qu'ils exploitaient nouvellement en mer Méditerranée alors que les réserves mondiales diminuaient.

Mais ce n'était pas tout ! En discutant, à l'espace bar de la classe affaire, Jack avait fait la connaissance d'un homme nommé Moché. Les présentations ne s'étaient pas faites immédiatement car, comme il l'avoua plus tard lui-même, le métissage de Jack ressemblait trop à celui des arabes des pays voisins avec qui les tensions étaient à leur comble. Moché voyageait seul. Il était pressé de rentrer chez lui pour y vivre définitivement Auprès de son épouse qu'il nommait affectueusement Abby. Deux ans auparavant, il avait commencé à vendre ses affaires en France pour faire son retour au pays de ses ancêtres et vivre sa foi sans devoir la cacher. Sa famille l'attendait dans leur nouvelle maison proche de Jéricho dans un nouveau quartier résidentiel. Il ne vivait pas trop loin du mur puisqu'il le voyait de chez lui. Il était heureux. Ce qui le rendait encore plus fou de joie, c'était que son retour se passait avant la fin des travaux du nouveau temple. Il ne parlait que de cette chose comme étant le point culminant de sa vie, l'inauguration du temple qu'il ne voulait rater pour rien au monde. Dans son excitation, il répétait sans cesse à Jack qu'il ne pouvait pas comprendre ce qu'il ressentait et ce que cela représentait pour lui et son peuple ! Jack acquiesçait devant tant de bonheur exalté et se contentait de relancer la conversation.

Il semblait que tous les hommes qui croisaient sa route faisaient leurs retours vers quelque chose. Comme si le passé et les bases anciennes avaient eu plus de valeurs que les nouvelles. Il ressentait une soif d'authenticité chez les autres et un besoin de rêver. Il lui semblait que le monde entier faisait son retour vers ses origines avec comme seul espoir, refaire mieux l'histoire.

L'avion avait atterri et Jack était impressionné par le dispositif anti-aérien qui se voyait depuis son hublot. Moché le salua en passant à sa hauteur puis il descendit très vite de l'avion. Et dire que cette toute petite terre était la source de tant de tensions dans cette région et depuis si longtemps.

La classe affaire s'était considérablement vidée durant cette escale. Pendant ce temps passé au sol qui semblait un peu plus long que la normale, Jack prit une feuille et essaya de se souvenir des paroles de Rody sur son exposé de la foi. Il écrivait sur sa feuille blanche comme on écrit une punition. Il réécrivait sans cesse les mêmes mots encore et encore :

Révélation = » crainte (sagesse, serviteur, accepter) = » humilité (intelligence, ami, comprendre) = » soumission (obéissance de cœur, fils, hériter)

Il voulait voir au-delà des mots. Il voulait certes retrouver la mémoire mais il cherchait aussi maintenant à comprendre ces choses pour lui-même. Après avoir écrit une dizaine de lignes comme cela, il réfléchit de nouveau à cette annotation trouvée à la première page de sa bible suite à sa prière. Et il la réécrivit pour essayer de mieux la comprendre.

« Que celui qui s'en va en guerre se fasse mourir. Qu'il soit lui-même la première victime de cette guerre ! Seul un mort peut marcher dans la mort sans avoir peur des terreurs de la mort. Mais sache que la lumière triomphe toujours des ténèbres »

Il comprenait qu'il fallait laisser en arrière les choses passé pour rentrer sur le terrain de la foi mais il ignorait encore lesquels. De plus, il ne percevait pas encore ce chemin. Il observait encore sa feuille lorsque le commandant de bord annonça de nouveau le départ en s'excusant de la gêne occasionnée par la vérification technique de l'appareil. Il est vrai que cette escale avait duré plus longtemps que prévu. Toutes les hôtesses s'affairaient et il y avait un peu d'agitation. Certainement que le temps perdu sur le tarmac avait fini par agacer le plus grand nombre de passagers. Peu de temps après l'avion se remit à bouger pour aller se présenter sur la piste de décollage. Jack regardait par le hublot. Il voulait voir les murailles d'en haut pour se faire une idée du travail titanesque qu'ils avaient accompli pour sécuriser leur nouveau territoire. Le décollage se passa sans incident et maintenant que Jack survolait le mur, il était fort admiratif de ce bel ouvrage et de l'arsenal de défense qui s'y trouvait. L'avion continuait encore de monter en altitude. Néanmoins l'aéroport était déjà loin derrière eux. Les ceintures étaient attachées et personne ne circulait à bord à part une hôtesse qui était intervenue à un fauteuil non loin de lui.

Jack pensait à Maude à qui il n'avait pas pu envoyer un message pendant son temps d'escale et il culpabilisait un peu en regardant son téléphone posé sur sa tablette.

Tout à coup, l'incident survint. Il y eut comme un choc à l'arrière de l'appareil qui se mit à faire des mouvements inhabituels et progressivement à perdre de l'altitude. Tout en restant assises, les hôtesses essayaient de rassurer les passagers de la première classe. Jack, lui, se trouvait à l'étage à l'avant de l'appareil. Tous les voyants de sécurité étaient allumés dans la cabine des hôtesses située devant lui. Le commandant de bord prenant la parole brièvement annonça un demi-tour brutal vers l'aéroport d'Israël pour un problème technique qui semblait être assez grave. L'ordre principal était de rester bien attaché et de suivre toutes les instructions des hôtesses en rangeant sous les fauteuils tous les bagages qui n'étaient pas dans les coffres.

Cela aurait pu partiellement ramener le calme malgré les violentes secousses mais au bout de quelques minutes les masques à oxygène tombèrent devant les passagers montrant la gravité de la situation. Le pilote procédait à son demi-tour mais, l'avion ne répondait plus correctement. Il y avait des cris, des pleurs, des hurlements. Les manœuvres de récupération accentuaient la violence des secousses et Jack qui avait essayé de rester calme jusque-là se mit à se répéter à voix haute que tout cela n'avait pas de sens ! Il se sentait comprimé par sa ceinture. Comme les autres passagers, il essayait de se protéger des bagages à main qui sortaient de leurs coffres. C'était le chaos.

Le pilote remit les gaz à fond pour se remettre en condition de planeur mais au stade où il en était, le crash était devenu une évidence aux yeux de tous et cela se voyait par la terreur qui avait envahi les yeux des hôtesses. L'hôtesse qui était intervenu derrière Jack quelques minutes plus tôt était au sol et elle était inerte. Son corps glissait de droite à gauche, tapant les pieds des fauteuils de sa tête. Le reste, Jack ne le vit plus. La descente brutale, les remises de gaz, la dépressurisation et le choc de l'atterrissage forcé l'avait fait s'évanouir. Tout était allé trop vite et si brutalement !

Il faisait chaud. Voilà le premier ressenti de Jack à son réveil.

Sa tête était lourde comme après un combat de boxe intense. Son corps et ses bras étaient coincés. Il cherchait des yeux ce qui l'empêchait de bouger. Sa tête ne faisait que de tous petits mouvements et son souffle était court. Il y avait sur lui des corps d'autres passagers et quelques affaires. Il essaya de faufiler sa main pour détacher sa ceinture et malgré la difficulté, il y parvint. Sa position et le poids des corps morts n'étaient pas là pour l'aider. Il s'accrocha au hublot qui était entièrement explosé et se hissa hors de cette fosse mortuaire.

Il regarda à droite puis à gauche en cherchant des survivants et en vérifiant en même temps qu'il n'était pas blessé de façon trop importante car il y avait beaucoup de sang sur lui. Sa chemise était bien sûre en piteux état mais, il n'y avait pas de comparaison avec ce qui l'entourait. Pas un bruit à part le vent qui sifflait à travers la carlingue déchirée et le sifflement dans ses oreilles qu'avait provoqué le crash. Pas un bruit à part l'ultrason aiguë qui parcourait ses oreilles. Le plancher n'était plus à l'horizontal et il ne pouvait voir l'arrière de l'appareil à cause de la séparation des classes. Il devinait que l'avion s'était légèrement retourné sur son côté gauche provoquant cette glissade de corps et d'objets vers la place où il était assis. Le cockpit étant verrouillé de l'intérieur, il essaya de s'extraire par les ouvertures de la carlingue. En essayant de s'extraire de là, il n'avait pas fait attention au reste de l'avion.

Ce fut avec abattement qu'il découvrit qu'il n'y avait plus qu'un tiers de l'avion devant lui. Le reste n'était même pas à portée de vue dans cette contrée vallonnée et montagneuse tout autour.

Il se réveilla complètement réalisant que quelqu'un pouvait avoir besoin de son aide. Il se mit à courir à l'arrière du fuselage et en s'approchant, il comprit qu'il ne pouvait plus rien faire. La violence de la dépressurisation avait été telle que des rangées entières de fauteuils avaient été arrachés. Tous les corps restants étaient dans un triste état. Il n'y avait aucun autre survivant dans cette partie de l'avion. Il comprit aussi qu'il avait été protégé en partie par ce qu'il était à l'étage dans une zone coupé du reste de l'avion par des cloisons de confort.

Lorsqu'il redescendit par l'arrière, les larmes lui coulèrent des yeux. Il s'assit et se laissa aller à pleurer dans cet endroit désert. La tête dans ses mains, il ne pensait à rien. Il lui était impossible de réfléchir. Il y avait un vide, un silence que seule sa respiration bruyante interrompait. Assis là et hébété, il ne vit pas tout de suite ces trois hommes sur leurs montures qui discutaient entre eux.

Ils étaient habillés de sombres couleurs et sur leurs têtes était enroulée une longue toile d'une couleur rouge défraîchie qui pendait le long de leurs corps derrière les épaules. L'un d'eux s'approcha de lui lentement en soulevant la poussière de ce sol rouge sous les pas de son animal. Jack les ayant vus ne se précipita pas vers eux et bien qu'étant encore sous le choc du crash, il savait qu'une nouvelle page allait s'ouvrir dans cette journée avec ces trois-là. N'importe qui devant un tel désastre se serait précipité pour porter secours. Eux non ! Il pensait à Maude à la peine qu'elle aurait lorsqu'elle apprendrait l'accident, puis au choc et à la souffrance d'apprendre une exécution ou une demande de rançon.

Le cavalier était à quelques mètres de lui. Il s'était immobilisé sans descendre de sa monture. Jack le regardait et espérait encore qu'il ne lui soit pas hostile. L'homme était le plus jeune des trois. Il n'avait pas de barbe et semblait avare en parole. Il lui fit un signe de la main pour lui dire de venir. Jack, lui, aurait préférait attendre les secours. Mais le petit sabre qui était au côté droit du cavalier et l'impatience manifestée par les deux autres hommes restés en retrait lui fit changer d'avis.

Il se leva, dépoussiéra son vieux pantalon marron et se mit à les suivre. Il n'y avait nulle part où aller. Et fuir n'aurait fait qu'aggraver la situation dans le cas où les intentions de ces hommes n'étaient pas bonnes. Ces hommes-là ne semblaient pas être à l'origine du crash. Ils avaient plutôt l'air de bergers ou de petits voleurs du désert. Pendant que Jack marchait derrière eux, ils parlaient entre eux dans une langue qui ressemblait fort à de l'arabe. Jack n'y comprenait rien cependant ils semblaient se mettre d'accord sur son sort.

Au loin on entendit alors le bruit d'un hélicoptère et jack comprit immédiatement qu'il s'agissait des secours mais, il ne pouvait se mettre à courir dans l'autre sens sans qu'il ne soit rattrapé des chevaux. Il essaya néanmoins de se faire comprendre en espérant encore trouver une grâce particulière dans ce moment de doute. Il leur criait « help », « secours » en montrant la provenance du bruit des hélicoptères. Le convoi s'arrêta. Les hommes se mirent à l'ombre d'un immense rocher érodé par les vents. On pouvait y voir apparaître les différentes strates. Ils descendirent des chevaux et le plus jeune s'approcha de Jack avec une gourde d'eau. Jack but une gorgée puis se mouilla le visage encore ensanglanté.

Quand il eut fini de boire, l'homme lui demanda de s'asseoir et de se taire. Pendant ce temps, l'un des deux autres gars resté en retrait reprit sa monture et repartit droit devant eux avec empressement. Au bout d'une quinzaine de minutes, la marche reprit et les hommes prirent la route de la montagne. Jack était épuisé de marcher dans cette tenue inadaptée et sous ce soleil de plomb qui le frappait depuis plusieurs heures.

Au bout de six heures de marche, les hommes avaient fini par descendre des chevaux pour les alléger dans les montées. Le jeune homme s'arrêta un moment fixant le regard loin devant lui, et se mit à proférer des injures dans sa langue. Il lançait des cailloux loin devant lui et faisait des imprécations longues et virulentes. Jack s'avança à son tour et en regardant au loin, il vit la muraille blanche d'Israël dans le sud du pays. Il n'était peut-être qu'à une journée de marche et cela lui redonnait de l'espoir. Lorsqu'ils arrivèrent à une grotte perchée en hauteur, les hommes déposèrent leurs affaires et se firent un thé. De toute évidence, ils allaient tous dormir là car le jour touchait à sa fin. Épuisé de ces événements, Jack étendit son bras et s'endormit en s'enroulant dans la peau de bête que lui avaient laissée ses gardes. Il fit assez froid cette nuit-là.

Le jour s'était levé bien que la lumière n'eût pas encore atteint l'entrée de la grotte. C'est alors que le troisième homme fut de retour. Il était accompagné d'un autre homme. Sa tenue vestimentaire était proche de celle d'un militaire. Son visage avait été marqué par la nuit de voyage et il semblait assez froid et dur. Il portait une arme en bandoulière, un vieux fusil d'assaut français de type FAMAS Félin.

Son regard ne croisa pas une seule fois celui du prisonnier. Muni d'une sorte de détecteur de métaux, il s'approcha de Jack et passa le boîtier tout autour de lui sans le ménager. Il semblait rechercher quelque chose sur son corps. Quand il l'eut fait deux fois, il repoussa Jack dans son coin violemment. Il prit son arme entre ses mains et se mit en position d'attaque. Après avoir exécuté un mouvement rapide qui se traduit par un bruit « tap-rak », Il se mit à hurler contre les hommes qui l'avaient mené là. Il semblait extrêmement en colère et déçu de ne pas avoir trouvé ce qu'il cherchait. Son fusil était tourné dans leur direction et son air menaçant laissait penser qu'il allait les exécuter. L'aîné des trois hommes se mit à genou et implora le guerrier de ne pas les tuer. Jack ne comptait déjà plus pour lui !

Le guerrier prit son couteau, empoigna la main de celui qui était à genoux et lui trancha l'intérieur de la paume. Puis, il sortit son arme de poing et abattit l'un des chevaux. Il fallait une sanction et au lieu de prendre leur vie, il leur fît comprendre à quel point ils l'avaient déçu. Les choses s'éclairaient pour Jack. Ces trois hommes étaient certainement de la même famille. Il s'agissait d'un père et de ses deux fils d'où cette attitude autoritaire et protecteur à leurs égards. Ils étaient tout juste des opportunistes qui voulaient retirer quelque chose de Jack mais les choses ne s'étaient pas passées comme ils l'entendaient.

Le guerrier était parti et les deux fils tentaient de soigner la main de leur père touchée profondément. Il y avait du sang qui coulait grandement. L'aîné lui fît un garrot au bras pendant que le plus jeune tentait de faire repartir les braises du feu qui s'éteignait. Une fois rallumées l'aîné sortit son sabre, prit soin de le nettoyer à l'eau et en fît chauffer la lame. Le plus jeune immobilisait son vieux père au sol sur le dos pendant que l'aîné tentait de cautériser la plaie en bloquant son bras entre ses jambes. Jack était spectateur et devant cette scène, il ne put s'empêcher de penser que son tour allait bientôt venir.

Après cela et malgré sa souffrance, le vieux père qui avait gardé toute sa dignité et son autorité continua à donner les ordres. Le plus jeune s'affaira à tout remettre à dos des chevaux en délaissant quelques affaires à cause du manque de place puis ils s'éloignèrent.

Pendant quelques secondes, il n'y eut plus de bruit à part celui du convoi qui s'éloignait. Jack voulut saisir cette opportunité pour aller vers la sortie de la grotte et observer leur départ lorsque tout à coup l'aîné des fils fit irruption devant lui sabre au clair. Jack recula de nouveau. C'était peut-être pour lui l'ultime occasion. Dans un combat d'homme à homme, il avait peut-être une chance de s'en sortir. Il se mit en position d'affrontement et attendit son adversaire. Les voici maintenant, face à face, le sabre scintillant dans cette lumière qui désormais éclairait l'entrée de la grotte. Jack avait vu la valeur de cet homme qui ne tremblait pas devant le sang. Il n'y avait que le feu qui les séparait et peut être aussi le destin. Il l'attendait pour réagir, il l'attendait…

C'est alors que l'homme prit la parole dans un français approximatif mais dont il arrivait à se faire comprendre. Il voulait savoir d'où venait l'étranger et surtout par quel mystère Jack ne portait pas une puce d'identification.

Devant son silence, il ajouta :

« Si, ni Dieu ni des terroristes sanguinaires ne t'ont pris ta vie, je n'ai pas à la prendre.

Il sortit un petit couteau artisanal et le lança à ses pieds ainsi qu'une petite gourde d'eau.

Étranger, le tout puissant veille sur toi. Il attend quelque chose de toi ! »

Il se retourna et Jack ne le revit plus jamais. Il se baissa lentement pour ramasser le couteau qui lui avait été offert. Il était simple mais il était beau. Le manche était en bois et la lame était recouverte d'un étui de peau. La lame un peu noircie était tranchante des deux côtés. Il faisait une vingtaine de centimètres dans sa longueur et la lanière de cuir en facilitait son transport.

Après avoir vérifié qu'il était seul, Jack s'orienta vers le feu, sous lequel il remit quelques branchages laissés par ses détenteurs. Lorsqu'il fut un peu réchauffé, il sortit de la grotte avec son couteau à la main. L'animal qui venait d'être abattu représentait pour un homme qui n'avait pas mangé depuis la veille un festin non négligeable. Après une caresse sur la tête de la bête, il se découpa une belle part de viande à l'épaule de l'animal qu'il fit braiser avant de la manger avec appétit.

Son ventre s'était rempli mais son esprit était encore choqué par tout ce qu'il avait vécu dans cette courte journée. Il lui restait ses vêtements bien que sales et usés, un couteau solide et facilement transportable, une gourde d'eau à moitié remplie et la couverture de peau que le jeune garçon lui avait laissé par manque de place. Mais surtout, il lui restait sa vie. Une vie qui avait bien du mal à se défaire de lui et c'est ce qui occupait son esprit.

Après une longue réflexion, il décida de rester une nuit de plus pour mettre en ordre ses idées. A cet instant, Maude n'occupait plus principalement sa pensée. Trop d'événements étaient arrivés et trop de choses se bousculaient dans sa tête. En réfléchissant sur les raisons de sa survie dans la grotte, il finit par arriver à la certitude que c'était cette puce électronique que l'homme cherchait sur son corps et qu'il l'aurait certainement utilisée pour commettre de mauvaises actions. Certes, Rody lui avait dit de s'en méfier mais dans cette affaire, c'est sa vie qu'il aurait pu perdre. Rody lui avait expliqué que la puce ne pouvait rester active qu'une seule minute hors d'un corps vivant, ce qui signifie que le guerrier l'aurait emmené vivant pour garantir le transfert. Ce qui voulait aussi dire que ses heures ou ses minutes auraient été comptées à partir de cet instant. Détenir la puce active d'un citoyen d'un des pays du CRISM c'était avoir un sésame d'entrée dans tous les pays membres du CRISM via leurs portiques de sécurité.

Jack ne savait plus quoi faire pour calmer ses pensées. Il sortit de la grotte pour ramasser quelques branches qui serviraient à alimenter le feu. En revoyant le corps de la bête morte, il redécoupa un autre morceau puis s'efforça de pousser le corps en contrebas du sentier. Il n'en garda que le crin de la queue pour une éventuelle utilisation et mit le morceau de viande à fumer au-dessus du feu. Après cela, il ressortit pour le bois.

Bien heureusement, c'était le printemps et même ces collines, habituellement très arides, n'étaient pas sans vie à cette époque de l'année. Il aperçut des bouquetins, des lézards, des abeilles, de petits oiseaux nichés, des fleurs et de grosses fourmis noires. Il portait un regard intéressé sur tout ce qu'il voyait. Au bout de quelques heures à visiter les parvis de sa modeste demeure, il revint à l'intérieur où il s'endormit à nouveau. Il se sentait bien ici ! Bien sûr, il savait qu'il n'aurait pu y passer sa vie surtout loin des bras de Maude, mais l'obsession de sa quête identitaire y était moins pesante. Il savait également que la pression médiatique allait être forte en redescendant vers la civilisation alors qu'ici, il pouvait tranquillement préparer son retour prévu pour le lendemain matin.

Il faisait de plus en plus froid et la nuit était tombée lorsqu'il se réveilla. Le feu s'était éteint faute de bois et il s'en voulut un peu. Il mangea ce qui lui restait de viande et ne but qu'une gorgée d'eau malgré la soif. Il pensait ainsi à la longue route qu'il allait devoir entreprendre le lendemain sous le soleil. Jack s'enroula dans la couverture de peau puis chercha le sommeil à nouveau. A cause du froid, il avait gardé ses chaussures aux pieds.

Au bout d'un long moment de sommeil quelque chose le réveilla. Combien de temps s'était-il écoulé ? Il n'aurait pas su le dire. Ce n'était ni un bruit ni le froid qui l'avait réveillé, plutôt quelque chose qui éclairait ses yeux fermés. Il n'avait pas encore bougé mais il ne dormait plus. Ses yeux étaient grands ouverts. Il n'osait se retourner vers l'entrée de la grotte. Il pensait simplement au couteau qu'il avait laissé près du feu. Un feu qui s'était éteint quelques heures plus tôt mais un feu dont il voyait à présent la lumière danser sur les parois de la grotte.

Il savait qu'il ne rêvait pas. Il savait qu'il avait vu ce feu éteint avec aucun espoir de le rallumer. Quelqu'un était donc là, avec lui, depuis un certain temps et il ne l'avait pas entendu.

Quelqu'un l'observait certainement depuis suffisamment longtemps pour se rendre compte que Jack était à présent réveillé... Un feu ne se rallume pas tout seul comme cela par une nuit froide. Qui donc ? Que voulait-il ? Pour le savoir, il fallait se retourner et se comporter en homme !

Il se laissa rouler doucement de l'autre côté en direction de la sortie de la grotte. Quand il eut terminé de se retourner, ses yeux fixèrent l'issue étrangement. Le feu était allumé mais il n'y avait personne dans la grotte avec lui. Alors élevant la voix, en gardant ses yeux sur son couteau, qui n'avait pas bougé, il demanda à son visiteur de se montrer. Personne ne lui formula de réponse ou ne réagit. Il savait que la situation n'était pas normale mais, il ne savait à quoi s'attendre non plus.

Rien ou personne ne se manifestait. Il n'y avait pas l'ombre d'une vie. Au lieu que ce silence l'apaise, il eut l'effet inverse. Il se redressa et repoussa doucement sa couverture en s'apprêtant à se lever. C'est alors, qu'une voix se fit entendre. Jack l'avait entendu mais, son effroi ne lui permit pas d'en saisir les paroles. C'était une voix posée comme celle d'un homme. Elle n'était cependant ni brutale ni rauque. Jack voulut s'avancer au dehors pour voir celui qui lui parlait mais, avant même que Jack ne put faire un pas de plus, la voix se fit de nouveau entendre.

- « Ôte tes chaussures du lieu où tu te tiens car ce lieu est un lieu saint ! »

Jack comprenait maintenant chaque mot prononcé pourtant il ne comprenait toujours pas pourquoi son interlocuteur ne se montrait pas. Et une telle requête lui semblait encore plus insensée de la part d'un homme qui ne se montrait pas. Jack n'en fit rien.

- « Qui êtes-vous et où êtes-vous ?

- Je suis la lumière. »

Jack était perdu. Cet échange en pleine nuit au fond d'une grotte était absurde à ses yeux et il s'impatientait de voir son interlocuteur pour en découdre.

- « Qui êtes-vous ?

- J'ai répondu à tes deux questions. Ouvre ton intelligence ! Je suis !

- Je suis n'est pas un nom. C'est une plaisanterie qui est censée être drôle ? Je suis, c'est tout juste une invitation à tendre l'oreille pour entendre votre identité mais, il manque une partie à votre réponse. Où êtes-vous ?

- C'est exact ! Je suis est mon nom et je suis venu éclairer tous les hommes de la terre sur leur condition mortelle. Je suis également celui qui te montrera la place qui t'a toujours été destinée. »

Jack n'en revenait pas de la situation. Il était passé par trois phases différentes en l'espace de cinq minutes avec le même résultat à la clef. Il ressentait en lui une certaine crainte et même de la peur, car il ignorait tout des intentions de son interlocuteur. Il ressentait un besoin de découvrir ce qui était caché à ses yeux et il éprouvait une grande frustration. « La lumière » ; Jack se repassait les dernières paroles de son interlocuteur en tête pour comprendre.

Il baissa son regard qui jusqu'ici fixait l'extérieur de la grotte. Ses yeux se posèrent sur le feu. Il y vit des flammes mais il n'y avait pas de bois. Il voyait le feu mais, il n'y avait plus de fumée. Plus déconcertant encore, il voyait la flamme haute jusqu'à toucher les branches, qui lui avaient servi à faire fumer sa viande plus tôt, sans les consumer. Il y avait bien une certaine douceur qui accompagnait cette lumière mais ce n'était pas un feu ordinaire. Il semblait y avoir au milieu du feu une sorte de dépression de lumière qui s'amplifiait, une mini tornade qui était stable et en mouvement à la fois. Jack venait de comprendre. Il se baissa doucement en posant un genou au sol et il ôta ses chaussures dont il ne savait plus quoi faire.

- « Tu as eu l'occasion de me poser deux questions. A mon tour maintenant de t'en poser deux. Qui es-tu ? Que fais-tu ici ?»

Jack n'avait pas peur. Il ne réalisait tout simplement pas l'immensité qui lui faisait face. Il avait tout juste compris où était maintenant son interlocuteur et il essayait de se souvenir des précieuses paroles de Rody pour pouvoir lui faire face correctement. Jack ne trouvait pas en lui de réponse à proposer, et il l'avoua sans peine.

– « Je ne sais pas.

– Veux-tu la réponse ? »

Pour seule réponse, il secoua doucement la tête.

Au fond de lui, il était cerné, comme lorsqu'un homme est cerné par ses ennemis qui se rapprochent alors qu'il se retrouve sans armes pour se défendre. Il doit alors faire face à lui-même pendant quelques instants avant qu'on ne lui tombe dessus. Il n'osait plus rien dire.

- « Avant que tu ne sois, je suis. Avant la création du monde, je te connais. J'ai créé toutes choses pour un but et toi, ton heure est venue aujourd'hui de me servir ici.

Me serviras-tu, fils d'homme ? … ?

- J'imagine que je dois accepter sans vouloir en connaître les conditions. Accepter et comprendre plus tard… »

Il ne savait que répondre. Il parlait simplement à voix haute. Il était passé d'un événement à l'autre tout au long de cette journée et avant même d'avoir pu digérer les précédentes, de nouvelles arrivaient. Tout allait crescendo et Jack était de plus en plus déconcerté. Il semblait que chacun des interlocuteurs de cette journée en veuille à sa vie à leur façon. Mais là, fallait-il lutter et comment le faire ? Seules les paroles de Rody lui venaient en aide à cet instant.

- « Me serviras-tu, fils d'homme ?

- Je l'accepte. Me voici pour te servir. »

Jack venait de se rendre sans aucune opposition et sans aucune question sur la nature même de ce service, de ce qu'il aurait pu en retirer ou de celui qui en était le bénéficiaire. Accepter en lui rendant la place qui lui revient. Son esprit s'était rendu.   Comme un soldat désabusé, curieux de découvrir la vie dans l'autre camp. Bien évidemment, il savait que sa vie était sur le point de basculer.

- « Répond moi. Combien de fois as-tu échappé à la mort et combien de fois t'en ai-je gardé ? N'aurai-je point aussi de bonnes choses en réserve pour toi ?

- Je le sais, répondit-il doucement, un peu surpris que son interlocuteur sonde sa pensée en même temps qu'il lui parle.

- Vouloir ne suffit pas fils d'homme. C'est le premier de tes enseignements. Il te faut à présent sacrifier, et sache que ceci est un principe divin. Souviens-toi des mots écrits à l'entrée de ton livre.

Jack se souvenait parfaitement du principe du guerrier qui doit abandonner les choses passées avant d'aller vers le but à venir.

- Oui ; là où est ton trésor fils d'homme, là aussi est ton cœur ! Sache donc que l'humilité précède la gloire et que je serai ta récompense. »

Jack se souvenait parfaitement de ses mots et, il commençait à les comprendre à présent. Il avait le choix mais, il n'y avait aucun choix qui se ferait sans sacrifice. En quelques secondes, il vit défiler dans sa mémoire tous ses trésors en commençant par sa tendre Maude, sa situation professionnelle qui s'était améliorée depuis peu, sa bécane, son indépendance, sa quête, ses camarades. Il savait qu'avant de répondre à cette invitation, il lui fallait être capable de tirer un trait sur toutes ses choses. « Que celui qui s'en va en guerre se fasse mourir. Qu'il en soit lui-même la première victime… Certainement pour que rien de ses affaires d'hier ne l'encombrent ou ne fasse trébucher l'homme dans sa mission.

Maude pesait beaucoup à cet instant dans sa décision car elle en souffrirait autant que lui-même. Ce pas de confiance vers l'inconnu est si difficile à faire que pour y parvenir, on doit mettre sur la balance les deux seuls poids véritablement importants, sa destinée éternelle contre l'éphémère de ce monde. Tout le reste n'est que piège.

- « Puisque tu es le gardien de ma vie et que tu te plais à le rappeler, je suis à ton service. J'imagine que tu as été également derrière chacune de ses personnes qui m'ont encouragé à vivre et à poursuivre ma route jusqu'ici. Toutefois permet moi une question et une requête.

Daigne recueillir Maude, je te prie. Et, vais-je retrouver un jour mon identité ?

- Fils d'homme, toute ma création repose sur un même fondement. J'établis une œuvre et je laisse à chacun le droit de se positionner vis-à-vis d'elle. Le libre arbitre impose que chaque homme fasse des choix. Ces choix montrent où va son cœur. Ces choix se font aux yeux de toute la création et mon règne est un règne de justice et d'équité pour tous. A la fin de toutes choses, Maude sera responsable de ses choix. Déroger une seule fois à cette règle reviendrait à remettre en question tout le procédé de la création et de son rachat.

Pour ta part, marche devant moi ! Tu seras une nouvelle création. Les choses anciennes seront passées. J'ôterai tes fautes de devant moi et je t'enseignerai la voix que tu dois suivre. Sois fidèle jusqu'à la fin en ne craignant point les terreurs de la mort car je suis la vie.

Au temps marqué, tu iras vers mon peuple en terre d'Israël et tu rempliras ses oreilles des paroles que je mettrai dans ta bouche. Je signalerai ta présence !

Aujourd'hui, je t'enlève ta parole et je te la restituerai au moment où tu devras annoncer ma parole. Voici, cette grotte devient ta demeure et après avoir accompli ce que je te demande, tu reviendras ici ! Je la cacherai aux yeux des hommes !

Voici mes promesses à ton égard ! Je suis celui qui pourvoit à tes besoins. Ta gourde ne manquera jamais d'eau. Je suis celui qui garde tes pas sur le chemin et qui te ramène ici.

Ne livre rien de ton identité !

J'exécuterai ce que ta bouche déclare. Mais, fils de l'homme, ne tremble pas devant les nations. Je suis le maître des multitudes. Autrefois, tu soupirais après ce jour. Tu ne vivais que dans l'attente de me servir. Voici, je fais de toi le juge de la terre pendant tout le temps où tu marcheras devant moi. Je suis celui qui te recueille auprès de tes paires.

Ton nom ne sera plus celui que tu portes mais, aujourd'hui il est changé par celui d'Oracle de l'Éternel car, aux yeux des hommes, tu seras indissociable de ma parole.

Tu feras de ta couverture de poil un manteau dont tu te recouvriras le corps à chaque fois que je t'enverrai.

Pour témoignage de ma présence à tes côtés, je maintiendrai ce feu allumé. Il ne s'éteindra pas tant que tu vivras ici. Sers-t' en ! Je me présenterai à toi dans ce feu. Courage, homme bien aimé ta récompense sera grande ! »

La voix s'arrêta mais le feu continua. Il brûla sans jamais faiblir tandis que le tourbillon de lumière dans son centre cessa d'être.

Le Départ

Ça y est ! J'y suis !

Six mois après cette rencontre dans la grotte, je suis face au grand mur blanc de l'état d'Israël. Je ne me fais pas d'illusion, je sais que plus personne ne me reconnaîtra et quelque part, ça me rassure. Cela causera moins de peine à Maude qui me croit mort depuis tout ce temps. J'ai une barbe coupée au couteau, un foulard rouge sur la tête, mon manteau de peau et heureusement des chaussures de marches solides achetées avant mes voyages. A ma taille, sous mon manteau, il y a ma gourde d'eau inépuisable et mon couteau.

Six mois où je n'aspirais qu'à quitter ma grotte et aujourd'hui je souhaiterais y retourner. J'aurais voulu la quitter pour tant de raisons. Sortir, boire un verre, discuter avec tant de gens, regarder un film. Au lieu de cela, je suis restais seul dans mes collines avec comme unique compagnon ma voix intérieur qui ne me laisse jamais en paix ou encore parfois un petit lézard qui me tient compagnie. J'ai marché depuis ce matin sans m'arrêter depuis que sa voix à lui m'a réveillé. J'ai marché une partie de la matinée sous la pluie et ce ne fut pas désagréable car, si cela avait été sous un soleil de plomb mon manteau de peau m'aurait sérieusement fait souffrir. Mon seul problème à cet instant où je me tiens à trois cents mètres du mur réside dans le fait que je ne sais toujours pas ce que je vais dire.

Cela fait six mois que je n'ai pas entendu le son de ma voix. Vais-je pouvoir parler et pourront-ils m'entendre de leur muraille haute de dix-huit mètres ? Que va-t-il se passer après ? Tant de questions m'assaillent encore !

Il est certainement seize ou dix-sept heures et je ne sais pas comment les choses vont se passer. Plus j'avance et plus je remarque ces personnes qui sont tassées à la grande porte sud du pays. La grande porte est surmontée de deux grands miradors avec des hommes en poste. Je suis sur le bas-côté de la route non goudronnée et je vois passer un convoi militaire qui rentre de mission. Dès leur rapprochement, les deux grands canons à laser qui se trouvent sur la muraille se braquent sur les convois jusqu'à leur identification complète puis, elles se remettent en position d'attente braqués vers le ciel. Le seul bruit produit par leurs déplacements vous glace le sang. On se croirait dans un film ultra-futuriste. Je vois dans le ciel des drones de surveillance de petites tailles qui vont et viennent dans un périmètre de cinq kilomètres autour de la muraille et je sais que ma présence est déjà enregistrée. Dans un enclos à gauche du chemin se trouve des véhicules terrestres qui ont subi les tirs des canons. Ces véhicules sont écrasés et brûlés. Ils laissent l'impression d'avoir été aplatis par une masse gigantesque et brûlés avec un lance-flamme. Il n'en ressort plus que le noir produit par le feu et la rouille qui attaquent les carrosseries.

Plus que deux cents mètres avant mon arrivée sur place. Je compte presque mes pas. Je sais bien que celui qui m'envoie est au-dessus de tout cela mais, devant un tel déploiement de force, mon cœur d'homme n'est pas en paix. Il me faut pourtant ne pas trembler et avancer.

Quelque chose me démange au fond de ma gorge. Je tousse un peu et je finis par réentendre le son de ma voix. Cela veut dire que je touche au but et que ma mission va commencer. J'avance plus lentement comme pour retarder l'échéance mais, je ne suis plus qu'à une cinquantaine de mètres des portes. Mes pensées se bousculent et je ne cesse de répéter cette ultime prière à mi-voix comme pour m'entraîner à parler et en même temps lui demander sa force.

- « Aide-moi… Aide moi… Aide moi… »

Soudainement, loin derrière moi, depuis les montagnes un bruit se fait entendre. C'est le bruit d'une corne. La corne d'une armée d'un autre temps qui passe à l'attaque. Aussitôt, les canons bougent et, je me souviens alors de ses paroles… « Je signalerai ta présence ». Je ne prends même pas la peine de me retourner. Je sais que le moment est venu.

Ça y est ! Je sens qu'une pensée bouscule mon cœur. Mon esprit est en cours d'analyse pour faire la part des choses. Cette pensée ne vient pas de moi et pourtant, elle me semble familière. C'est la parole que je dois leur adresser. C'est une expérience étrange que de ne plus être la seule source de pensée en vous. Vous demeurez maître de vous-même et de votre pensée, mais une autre source rejoint votre intelligence. Ce sont vos mots, votre langage mais sa pensée. Vous recevez une mission et la provision pour accomplir la mission mais, vous restez libre. Pour l'instant, je ne possède que l'amorce de mon discours et pour le reste c'est une idée vague. J'ai ce sentiment étrange que les paroles débouchent d'un canal et qu'il faut d'abord faire couler les premières pour véritablement ordonner sur le tas mon discours. Pendant que je réfléchis à ces choses, je ne vois point le déploiement des forces armés sur la muraille et la porte qui est complètement verrouillée devant moi. Le coup de corne a alerté et amené tout le dispositif de sécurité vers la porte sud où je me trouve. Et tous ceux qui sont aux portes regardent à présent en direction des montagnes donc dans ma direction.

Je me sens acteur et spectateur comme un gladiateur qui doit faire son entrée, pour la première fois, dans une arène spectaculaire et, qui se tient médusé à la grille qui le conduit vers son destin. Ceci est si nouveau pour moi. Moi qui aime avoir le contrôle des choses. Et pourtant, tout m'échappe encore ! C'est un autre sentiment étrange que j'éprouve maintenant que je suis de retour dans ma grotte. Je suis rentré depuis une heure et je me suis assis près du feu. Il n'était pas là à mon arrivée et il n'est toujours pas là. Cette journée est passée si vite mais, il y a quelque chose qui échappe à mon intelligence.

En arrivant devant la grotte, j'ai réalisé qu'il m'avait fallu l'équivalent de onze heures de marche pour me rendre devant les murailles mais, qu'à mon retour une seule heure de marche environ m'avait suffi. Lorsque j'ai quitté les murailles, il faisait jour et bien que je sois assis dans la grotte après avoir certainement refait le même voyage de retour, il fait encore jour. Le soleil n'a presque pas bougé dans sa course céleste. Je n'arrive pas à organiser ma pensée ni même à me suggérer ce qui vient de se passer. Je suis tout entier déconcerté comme devant une vision trop grande pour mon intelligence. Ce que je tenais pour acquis dans la réalité du monde vient d'être bousculé.

Il s'est passé quelque chose aujourd'hui que je ne parviens toujours pas à m'expliquer. C'est tout simplement l'espace qui s'est plié pour rapprocher deux points géographiques et deux points de l'espace-temps. J'étais là-bas, sur le chemin du retour et, sans même m'en être rendu compte, j'étais déjà ici devant ma grotte. Certes, mon esprit était encore un peu troublé mais je sais bien que quelque chose d'anormal s'est produit, sans pouvoir dire à quel moment cela s'est produit.

Depuis le retour de ma voix, jusqu'à sa pensée qui fut déposée dans mon esprit et mon retour éclair, j'essaie encore d'analyser des choses qui me dépassent et la frustration est grandissante à mesure que j'y pense. Encore une fois, les mots de Rody viennent à mon secours. Il me faut tout simplement accepter.

Je relève la tête, je bois un peu d'eau et je prends ma guitare. Je ne me suis pas soucié de ce que j'allais manger ce soir. Bien que je tienne ma gratte et que quelques notes en sortent, je suis encore abasourdi.

Vous vous demandez certainement d'où me provient cette guitare.

Il y a cinq mois de cela, je visitais les collines et j'y ai découvert une autre grotte et j'en ai ramené des affaires. A l'intérieur, il y avait un homme mort. Je me suis dit que ses affaires ne pourraient plus lui servir alors je les ai ramenées ici. C'est de là que me vient mon foulard rouge avec lequel je me cache du soleil. Il y avait aussi cette guitare à trois cordes qui rend un son très agréable. Je suis si fier de l'avoir trouvée. Elle me rappelle un peu la mienne bien qu'elle ne produise pas le même son qu'un instrument occidental.

Grâce à mon mystérieux donateur défunt, j'ai aussi maintenant un service à thé qui me sert très peu et j'y ai gagné encore une gamelle en métal où je mange après cuisson. Ce qui m'a été précieux dans tout ce trésor, c'est tout le sel que j'y ai trouvé. Je n'ai eu que peu de scrupules à le prendre car, ce n'était probablement que l'un de ces voleurs pour qui les choses avaient dû mal tourner. Un sac rempli de bijoux et d'objets de valeurs était accroché à sa main. C'est de lui également que j'ai pris les cordes et les peaux qui me servent à protéger l'entrée de la grotte. L'idéal aurait été de ramener le cheval mais il avait cassé son attache à l'extérieur puis s'était certainement enfui après une trop longue attente. J'ai un peu bataillé pour ramener toutes ces choses surtout les peaux de chameaux. Elles sont, depuis ce temps, installées sur l'ouverture de la grotte pour me protéger du vent et de la chaleur du jour. Pour y pénétrer, je passe là où je n'ai pas attaché. De plus, cette peau masque l'entrée de la grotte aux regards des voyageurs en contrebas. Sa couleur se fond parfaitement avec celle de la montagne.

Le temps ne passe pas très vite dans les collines. Même si la vue du coucher du soleil et du ciel rougi est sans pareil, je m'ennuie un peu. Je me nourris de petites trouvailles comme d'un essaim d'abeilles qui prospère un peu plus haut. D'ailleurs ça n'a pas toujours été évident pour moi d'en faire la récolte dans ces falaises. Au menu, il y a aussi des sauterelles, de grosses fourmis noires, des lézards que je fais griller, des œufs de volatile, des lièvres. Je me suis fabriqué une fronde avec la lanière du sac au trésor. La fronde me permet de ramener des proies un peu plus grosses comme des oiseaux. Il m'arrive même de surprendre la proie encore chaude de quelques prédateurs et de me servir sur la dépouille. C'est cela, ma nouvelle vie au quotidien, sans parler des sanitaires et des autres choses moins confortables. Quelquefois, je me demande ce que devient Maude, ma moto aussi ainsi que Rody et sa famille mais, très vite j'essaie de passer à autre chose pour ne pas sombrer dans la dépression.

Cela fait maintenant six mois que je suis rentré de ma première mission et je n'ai toujours pas de nouvelle de mon interlocuteur du feu. Parfois, je me demande ce qu'auraient fait d'autres personnes à ma place. Voir face à face un être que l'on vous a présenté comme absolu et sans égal, un être qui se présente à vous dans le feu et qui lui-même se présente comme votre garde personnel. Un être qui ne manque pas de vous rappeler que par le passé, vous aviez toujours souhaité être pris à son service. Parfois, j'en souris. Que me serait-il arrivé si j'avais refusé. Qu'aurait été ma Vie. J'aurai certainement rejoint Maude et ma petite vie d'autrefois.

J'aimerais tellement rencontrer quelqu'un qui vit la même expérience pour échanger avec lui et faire progresser ma vision des choses. Mais dans la seule autre grotte découverte, le type était déjà mort et ne semblait pas être au service de la justice de sa majesté. Alors, je me parle à moi-même en faisant les questions et les réponses dans le plus grand silence.

Aujourd'hui, je suis allé chasser. Mais aujourd'hui, quel jour sommes-nous ? Est-ce que cela a encore de l'importance ? Je suis tombé sur un cabri. Il avait certainement dû se perdre. Quand je pense qu'il me suffisait autrefois d'aller au supermarché du coin pour acheter à manger ! A présent, j'essaie de me servir de tout ce que la nature m'offre.

Le plus difficile c'est la conservation des aliments. Généralement, ce qui est pris le jour est mangé dans les heures qui suivent. Ce soir-là, comme depuis un certain temps, j'avais l'esprit pratique. Je me souciais peu des questions dont je ne pouvais trouver les réponses.

A l'entrée de la grotte je m'appliquais au nettoyage de la peau du cabri et j'y mettais du cœur en aiguisant de temps à autre mon couteau sur une grosse pierre polie. Ramener la proie juste avant la nuit permet de la garder plus longtemps. Je peux en consommer un peu le soir même et laisser fumer une partie pour la manger au petit matin. Mais ce genre de grosses proies reste assez rare et je me réjouis toujours de pouvoir les ramener. Il arrive aussi parfois que je ne ramène rien. Il me reste donc mon inventivité, ma gourde, des pétales de fleurs, des fourmis et un peu de sel. Cependant, et cela malgré un régime alimentaire assez rustique, je me sens toujours en pleine forme. Je crois bien que je le lui dois cela aussi. A sa façon, il contribue à la bonne forme de son instrument. Pour tout dire, je vis dans une certaine légèreté sans trop réfléchir au reste du monde.

Alors que je finissais d'assainir ma peau au déclin du jour, la voix se fit entendre à l'intérieur de la grotte. Comme à mon habitude je me déchausse et après m'être lavé les mains, je me tiens là devant le feu qui retrouve en sa présence un aspect identique au premier soir. Il n'y a plus de peur en moi et l'expérience déconcertante de la première mission ne préoccupait plus mon esprit. J'avais fini par accepter ces choses comprenant qu'elles défiaient toutes logiques humaines !

- « Oracle, sais-tu ce qui se passe dans les nations ? Mon cœur est triste pour l'humanité qui souffre et qui va à la mort.

- Non, je ne sais pas ce qui se passe. Je suis coupé de ce monde et tu le sais !

- Te souviens-tu des paroles que je t'ai demandé de crier aux portes de mon peuple ?

- Oui, évidemment ! Elles étaient celles-ci :

Oracle de l'éternel ! Ainsi parle l'Éternel !

L'homme en creusant a réveillé la mort dont les vents et la pluie en ont réparti le sort.

Son galop si rapide parcourt le monde en conquérant et en faisant mettre à genoux les petits et les grands. Pour ton travail, tu as été récompensé, pour ton péché tu seras jugé. Voici, l'heure vient, et elle est déjà venue.

- Fils d'homme. En effet, les nations, en creusant trop profondément les terres gelées du nord, ont réveillé un virus géant que la pluie et les vents ont propagé aux quatre coins du monde. Il n'y a que la terre de mon peuple qui en ait été préservée. Un ulcère douloureux se répand sur chaque maison et sur chaque nation avoisinante. Les animaux et les bétails meurent accentuant un peu plus la misère. Et mon cœur est triste car Adam souffre terriblement de son péché et la mort en découle. »

Pendant qu'il me parle encore, j'ai en moi un sentiment d'incompréhension. Il appelle sur la terre la souffrance puis il vient me partager cette souffrance. Une souffrance dont il m'a rendu complice. Qui peut faire une telle chose ? Quelles sont les intentions derrière son apparition d'aujourd'hui ?

Mon cœur en était tellement confus au-dedans de moi, que sans même réfléchir à mes actes et à leurs conséquences, je me suis levé pour retourner vers ma guitare. Je la serrai contre moi, en pensant à tous ses enfants et ses innocents sur qui j'avais appelé la souffrance. Mes larmes commençaient à surgir. Je pensais fatalement à Maude…

- « Pourquoi une telle colère Oracle ? Est-ce moi qui les châtie ou est-ce que leurs châtiments étaient connus d'avance ? N'ai-je pas prévenu l'homme de tout temps ? N'ai-je point placé devant lui le chemin de la vie en lui laissant le choix ? N'ai-je point maintenu le témoignage de mon nom à travers le livre de la révélation afin que chaque génération en soit instruite ? N'ai-je pas fait une multitude d'annonces et n'ai-je pas veillé à leurs accomplissements afin que l'homme me connaisse comme le seul vrai Dieu ? Ton cœur est confus et il me juge à cet instant. Oracle ! Tiens-toi face à moi et juge-moi si tu le peux dans toute l'étendue de ta sagesse ! »

Je savais que ma perception des événements de l'histoire n'était pas suffisamment élevée pour envisager une réponse. Je poursuivis donc mon silence. Pour une fois que je pouvais parler, je n'osais le faire. Pour une fois que je pouvais poser mes questions, je n'avais plus envie d'en savoir plus. Mon cœur se sentait trompé et coupable. Je plaquais ma guitare avec frustration et colère contre moi. Cette guitare à trois cordes était devenue à cet instant un refuge, une amie, une consolation, ma façon de voyager. Peut-être même, mon bien le plus précieux dans toute cette monotonie. Mais, pris par les douleurs de mon cœur, je finis par trop en serrer le manche qui se brisa contre moi. Une peine encore plus grande m'envahit et, je finis par en pleurer à chaudes larmes.

- « Oracle ! Je connais les profondeurs de ton cœur ! Pourquoi pleures-tu sur le sort de cet instrument alors que tu n'es pas l'artisan qui l'a créé, ni même celui qui l'a commandé sur mesure, ni celui qui l'a acheté avec le produit de son travail ? Et, pourquoi refuses-tu d'admettre que mon cœur est triste de ce qui arrive aux nations ? L'homme se juge par ses propres actions. Souviens t'en ! J'ai établi une œuvre dès le commencement en prenant la peine d'instruire l'homme et en usant de patience envers lui mais il y a un temps pour tout. Et le temps est venu de laisser la mort accomplir son œuvre comme un salaire à son ouvrage d'iniquité. Son choix l'entraîne vers la mort alors que je l'ai créé pour la vie.

Ma patience qui tenait place de protection est arrivée à son terme et le temps que j'avais marqué pour l'accomplissement de ces choses est survenu. Non ! Je n'ai aucun lien avec la mort. J'ai offert la lumière aux hommes. C'est l'homme qui en préféra les ténèbres dévoilant ce qu'il avait dans son cœur. C'est donc la mort qui vient prendre aujourd'hui sa part. Mais toi Oracle, veille sur ton cœur et prend la mesure de ta mission ! Ce n'est pas une voie quelconque que tu as empruntée. Tu fais partie de l'histoire révélée. Tu fais partie de l'histoire cachée. Tout ce que tu vis a été par avance consigné et bien que libre de tes choix, tu as une grande responsabilité. Prend la mesure de cette œuvre. »

Mes yeux étaient restés clos et je ne vis point l'instant de son départ. Mon cœur se débattait au fond de moi entre les prétentions de ma justice et de sa justice. Dès lors, rien ne serait plus pareil ! Bien que difficilement, je compris ce soir-là que je n'étais pas qu'un simple instrument entre ses mains mais qu'il voulait me faire progresser dans un état de cœur proche du sien. Tant d'explications venant de lui, l'être suprême vers moi la créature, était, malgré toute ma souffrance, un point non négligeable de notre relation. J'étais à son école. Il y avait deux axes de notre relation bien que je ne comprenne pas tout aujourd'hui : Celle de ma progression personnelle, et celle de mon service à destination des autres.

Il m'a fallu, malgré tout, un peu de temps pour encaisser la violence et l'ambiguïté de cet échange auxquelles je n'étais pas préparé. Je ne m'attendais pas à être pris à contre-pied. Puisque mon service avait été bien accompli, j'étais loin de douter qu'il me fallait être l'épée et en même temps celui qui porte la peine, la souffrance de mes coups. Et puis quelque chose m'échappait encore. Il prétendait ne pas être à l'origine de ce malheur et pourtant, c'est lui-même qui me l'annonçait. Existerait-il une force supérieure à lui ?

Avec un peu d'inventivité, je parvins à réparer sommairement le manche de ma guitare et la vie reprit son cours près du feu.

Une nuit, sa voix se fît entendre à nouveau. Alors, je me levai pour me présenter devant lui. Il y avait eu certainement huit mois d'écoulés. L'hiver était à sa période la plus froide et il m'arrivait de ne boire que de l'eau de ma gourde tellement la vie à l'extérieur avait disparu.

- « Oracle ! Sais-tu ce qui se passe dans le monde ?

- Je ne le puis Seigneur.

- Lève-toi et mange ! Il y a dans le plat de la nourriture pour toi. Il te faut reprendre des forces.

- Cela fait longtemps que je n'ai rien attrapé, mais en dépit de cela je sais que tu maintiens mes forces par une sorte de miracle. Pourquoi me faut-il manger ?

- Oracle ! Lève-toi et mange ! Car, je te le commande. Tu vas devoir marcher et la route est longue encore. Lève-toi et mange ! Et pendant que tu mangeras ce que j'ai préparé pour toi, je te parlerai encore. »

Il y avait dans le plat un gâteau moelleux imbibé de miel qui fit les délices de mon âme. Et plus, j'en mangeais et plus je le trouvais bon.

- « Oracle ! Les nations souffrent mais elles ne me cherchent pas. Les puissances des ténèbres ont investi les hauts-lieux des cités. Et, bien que les hommes auraient dû s'unifier dans l'épreuve, chacun s'est préparé à la guerre. Les royaumes sont divisés, les familles sont divisées. Les pères se dressent contre les fils et les fils contre leur père. Tous sont égarés, tous sont pervertis. Ils ont inversé le bien et le mal. La justice des grandes nations sert à l'asservissement des plus faibles. Il n'y a plus d'espérance pour l'homme ! Dès qu'un homme se tourne vers moi pour me rechercher, un autre le met à mort ! Dès qu'ils trouvent un être pur, ils s'empressent de le souiller. Comment ne punirais-je point de tels actes en laissant la mort les anéantir ?

- Je parlerai parce que tu me le demandes, tout en sachant que ta sagesse est supérieure à la mienne. Pourquoi ne te ferais-tu pas connaître ? Tu ferais connaître ton nom et tes intentions aux hommes. Je suis alors certain qu'ils reviendraient à toi et qu'ils t'offriraient ce que tu recherches.

- Oracle ! Ne me suis-je point fait connaître à eux durant des siècles en leur laissant le choix ? Combien se sont tournés vers moi ? Combien d'entre tous les fils des hommes m'ont offert leurs cœurs librement ou sans contrepartie ? Ils m'ont construit des demeures que je n'ai jamais honorées. Ils m'ont donné de l'or mais qu'en est-il de leur cœur ? C'est le cœur de l'homme qui m'importe, c'est son attrait pour La justice qui me plaît.

Oracle, tu n'es pas seul. Voici qu'un autre oracle comme toi-même se tient au nord du pays de mon peuple. Il opère comme toi. Deux fois déjà, il a accompli sa mission. Et, pour cela, les hommes l'ont haï. Mais, à travers lui, c'est moi et moi seul qu'ils haïssent. Voici, il leur a fait connaître que les mers allaient se transformer en sang tant la mort accompagnerait ceux qui oseraient l'approcher. Voici, il leur a fait connaître que leurs sources d'eau seraient porteuses de mort. Et tel un poison, la mort s'est répandue en eux. Il est devenu à présent difficile à Eve de donner la vie. Et il leur est aussi difficile de maintenir en vie leurs petits. Mais même dans ses derniers retranchements l'homme s'endurcit et ne me cherche pas.

- Oui mais, si je puis encore parler ! Tu te fais connaître à eux en te rendant semblable à la mort. N'étends plus sur eux la mort mais ramène la vie. Soit leur favorable et, ils te béniront.

- Oracle, ce temps est révolu ! Le temps de la grâce s'est achevé au moment de l'enlèvement. Les hommes ont méprisé ce temps, peu d'entre eux se soucièrent de ma parole. Il y a un temps marqué pour toute chose. Je dois maintenant me conformer à ma parole. Celle que j'ai prononcée devant les saints de la terre et devant les saints dans les cieux dès le commencement. J'avais marqué un temps de grâce pour permettre à l'homme rebelle de revenir à la vie malgré sa faute qui avait attiré sur lui la mort. Au lieu de cela, chacun s'est préoccupé de son ventre, de ses plaisirs et rares sont ceux qui ont réfléchi à leur condition en revenant de leurs mauvaises voies. Tous ceux qui ont été persécuté jusqu'à la mort à cause de mon nom réclament aujourd'hui justice. Sache que la mort elle-même réclame sa part car, dès le commencement, j'ai dit : « celui qui péchera sera frappé de mort ». Pourtant Oracle, dans ma volonté de voir l'homme sauvé, j'ai ouvert une porte de grâce pour tous en retardant son parfait achèvement. Mais le temps à présent est venu. La fin vient et la rétribution avec elle !

- Pourquoi Seigneur, ne pas en finir une fois pour toutes en ne les faisant point souffrir ? Frappe la terre et détruis-la en un seul coup ? Ou encore détourne tes regards des hommes et abandonne-les à jamais ! Mais, n'impose pas tant de souffrances !

- Oracle ; s'il n'y avait qu'un seul homme à sauver, le père éternel n'aurait pas hésité à sacrifier ce qu'il avait de plus cher à la croix, son fils. Maintenant encore, il y a, çà et là, des hommes qui cherchent ma face. Certes, il y en a peu mais, à cause d'eux, je maintiens un passage ouvert et bien qu'il soit étroit, les obligeant à y laisser leur vie, je retarde encore la fin. Et puis, je me suis engagé envers un peuple aujourd'hui en m'engageant auprès de leurs pères autrefois, et je dois par cet engagement continuer mon œuvre afin qu'il retrouve sa destinée.

Pour ce qu'il est de les abandonner, cela serait pire encore. Chaque matin jusqu'ici, j'ai renouvelé ma grâce et mon secours envers l'humanité. Si je me retirais définitivement et que les hommes venaient à ouvrir les yeux sur leur fragilité après que je leur ai tourné le dos, ils seraient sans aucun moyen de secours. Je préfère encore permettre au tapis de l'humanité d'être secoué avec violence en ma présence pour, s'il est encore possible, dissocier l'homme de son péché dans une repentance profonde. J'attends de recueillir son âme dans son dernier sursaut d'intelligence. C'est encore là, malgré toute ta basse considération et ton estime de mon œuvre, un effet de ma grâce. Il suffit maintenant, lève-toi et quitte la grotte. Je te montrerai où aller. »

Il y avait dans ses paroles prononcées avec douceur une telle fatalité que cela anéantit mon âme. Mais, plus je l'écoutais et plus je le trouvais juste. Il était l'être suprême et pourtant, il s'obligeait lui-même à être un repère équitable et juste pour tous dans l'espace. Lui-même se bornait à sa parole ainsi qu'il l'attendait de ses serviteurs et il ne revenait jamais en arrière tout en aménageant les moyens de la dernière chance pour le salut. Le sort des hommes était terrible mais je me disais en moi-même qu'il devait être difficile de porter le nom de Dieu d'amour dans ces heures sombres.

Pouvoir concilier l'amour, la justice, le pardon, la vengeance, la compassion, la colère, l'éducation, la bonté, la sévérité sans jamais se contredire et passer pour injuste aux yeux de quiconque, c'est une mission que j'aurai refusée. A cet instant de ma réflexion, j'étais bien heureux de n'être qu'une créature et non le créateur. Quant à mes autres questions, il m'avait répondu. Bien sûr, il restait la question de la mort dont il parle comme d'un être qui réclame et qui opère mais je me rends compte que je ne peux tout comprendre ici-bas.

En me mettant en marche vers l'inconnu dans le petit matin, je pensais à la condition de l'autre homme qu'il avait mentionné. Il m'avait caché jusqu'ici sa présence en ne me révélant que ce qui était nécessaire à ma survie et à ma mission. C'est alors qu'une question me vint. Quelles sont les autres choses que je pourrais savoir mais que j'ignore bien qu'elles fassent partie de la mission ? Je quitte ma grotte le cœur plein de réflexion.

Ce nouveau voyage fut tout autant un voyage dans l'espace géographique qu'un voyage intérieur. Il fut long et pénible physiquement mais il me permit de faire un peu d'ordre dans mon cœur.

Je ne faisais pas attention aux détails de la route. J'étais trop absorbé à vouloir lire entre ses phrases. Je cherchais à découvrir d'autres éléments. De temps à autre, je m'arrêtais pour boire un peu. A ma dernière halte, pour satisfaire un besoin pressant, j'entendis des cabris qui étaient en nombre et certainement proches de moi. Sans même boire ou prendre le temps de remettre mon turban et mon manteau, je m'approchai un peu. Là, derrière une petite colline se tenait un petit troupeau et plus loin apparaissait un village.

Avant de me poser la question. Sa voix se fit entendre au fond de moi.

- « Oracle, va et demande par des signes l'hospitalité ! Tu resteras ainsi avec eux un peu de temps. Cache tout de toi et ne révèle rien de ta mission ! Je te garderai. Je serai avec toi et je te ferai partir d'ici au temps convenable. »

Tout heureux, j'enroulai mes affaires sous mon bras. Je repris la route vers les habitations en saluant l'adolescent qui gardait les cabris puis, je vins jusque sur la place du village. Il n'y avait pas beaucoup de constructions. Ce qui me surprit, c'était la façon dont ces hommes vivaient. Les maisons étaient en partie troglodytes, en partie en pierre et certaines habitations étaient sous de grandes tentes. Il y avait à travers ce décor le témoignage de plusieurs générations. Ce qui me surprit encore plus, ce fut évidemment ces antennes paraboliques en plein désert. Dehors, les enfants jouaient librement et les femmes étaient absentes de mon champ visuel.

En me rapprochant du groupe des anciens qui siégeaient à l'ombre de la place, je fis les gestes d'un homme qui demandait l'hospitalité tout en faisant comprendre que je ne pouvais parler.

Ils se concertèrent et l'un d'eux, le plus jeune, se détacha du groupe et me conduisit à l'entrée d'une habitation en pierre. Les murs étaient du gris des pierres artificielles qui la composaient et la maison était petite mais il me fit entrer. Là se trouvait un vieil homme pétri par le chagrin. Dans sa main, la photo d'un jeune homme qui semblait être son fils. Je compris que c'était le sien et qu'il avait dû mourir récemment. Sur une autre photo que me montra mon guide, il y avait le jeune homme, son père et un troupeau.

Je compris le marché. Je devais être un fils pour lui et lui prendrait soin de moi. Les deux hommes finirent leurs conversations peu fournies puis, le vieillard voulut prendre ma main. A sa façon de tendre la sienne, je pus voir que sa vision n'était plus très bonne. Pour pallier sa solitude, il laissait cette vieille télévision allumée pour créer un bruit de fond. J'allais devoir me contenter de cela. Le vieil homme ne parlait presque pas, ou parfois émettait un son pour attirer mon attention lorsqu'il voulait que je lui ramène quelque chose. Nous vivions tous deux dans cette pièce unique où toutes les activités se passaient.

Au bout d'un certain temps, les cabris n'eurent plus de secret pour moi. De la mise-bas des petits au ragoût des jours de fête, je participais à tout. Il y avait un grand enclos où, la nuit, les bêtes étaient mises en commun et gardées à tour de rôle par les pasteurs du village. Je m'attelais à cette tâche comme les autres en pensant qu'il était déjà assez agréable de ne pas devoir le faire toutes les nuits.

La belle saison est revenue. Il fait très chaud. Dès mon arrivée, je me suis adapté aux tenues vestimentaires du coin en revêtant les vêtements du défunt fils et cela me va plutôt bien. Rien n'a changé dans mes relations avec le vieillard dont j'ignore encore le nom. Et, à part le baiser sur sa main le matin et le soir à mon retour des pâtures, il n'y a pas de rapport d'affection particulière. D'ailleurs, ce n'est pas plus une question d'affection que de reconnaissance sociale, cela aussi il me fallut le comprendre. Lui est le père, c'est-à-dire, l'autorité qui a naturellement le droit de faire appliquer sa volonté et moi, je ne suis que le fils. C'est une position semblable aux autres jeunes des maisons voisines. Tous se plient à la même tradition et aux mêmes règles. Le fils n'étant pas différent d'un simple serviteur qui travaille aux affaires de la maison de son maître. Il y a une distinction pointue entre être un enfant de la maison et devenir un fils. Pour ma part, la différence se joue sur la question de l'héritage.

Dans ce village être de la maison de quelqu'un et de sa descendance vous donne le droit de jouir de tous ses biens en même temps que lui. Cela vous place dans une position de confidence et de transmission des intérêts de la famille. Plus vous grandissez dans ce clan et plus on vous fait connaître d'où vous venez et l'origine des liens actuels qui unissent les clans. Cela est très important pour eux car un clan est synonyme de territoire, de propriété troglodyte, de source d'eau, de droit de mariage et de richesse liés à la survie pour l'homme et le bétail dans ce milieu hostile. L'avenir n'est donc pas une fuite en avant mais ici, un retour vers vos origines. Moi, je ne lui prends que ce qui était nécessaire à ma survie chez lui. Lorsque je rentre en fin de journée, je le retrouve toujours au même endroit. Je lui prépare à manger et nous dînons dans le silence du bruit de la télévision.

Un soir sans m'y attendre, alors que le journal télévisé d'Israël avait lieu, je vis deux photos en bas de la présentatrice. Il y avait ma photo et celle d'un autre homme. Le site d'information offrait une prime à tous ceux qui pourraient lui apporter des éléments pouvant mener à notre identification. Fort heureusement les photos étaient floues et lointaines et au moment de la prise, je portais mon turban rouge et mon manteau en peau. Je pris néanmoins peur. Les informations faisaient également état de guerre civile et de luttes armées dans les grandes nations. Elle montrait des tremblements de terre, des cas de contagions et de mort partout dans le monde. Toutes ces catastrophes semblaient liées à ses deux hommes qu'ils recherchaient activement. Je ne pouvais comprendre davantage les informations à cause de la barrière linguistique mais je vis la haine de tous ceux qui nous recherchaient.

Dès le lendemain, Je pu voir que personne ne m'avait reconnu. J'allais encore pouvoir rester quelques temps de plus sans subir la pression de la communauté. Plus d'une année s'était écoulée. Un matin en me réveillant du sol que seul mon tapis séparait de ma peau, je vis le corps sans vie du vieillard. Je pris le temps de le disposer convenablement avant que son corps ne raidisse complètement puis je me rendis sur la place du village où se tenaient déjà quelques anciens. Ils vinrent jusqu'à sa demeure et s'occupèrent de lui. Ne sachant quoi faire, je partis comme à mon habitude sortir les cabris. Une page venait de se tourner et je savais qu'il allait y avoir du changement. J'étais songeur et je pensais à ma grotte.

Dans la matinée, un homme vint prendre le relais au pâturage en me renvoyant vers le village où m'attendaient les anciens. Comme à leur habitude, sans trop parler, ils me firent comprendre que le contrat était rompu et que je devais partir.

Mes cabris allaient bien me manquer. Je les connaissais chacun par leurs noms. Elles s'étaient habituées à ma voix. Je les aimais tendrement. On s'attache vite aux choses, ici-bas. Ce fut mon constat.

Tout en ne sachant où aller, je revins à la maison pour y récupérer mon manteau de poil et mon turban rouge que je n'avais pas remis depuis mon arrivée. Et c'est là que je commis une erreur stupide qui allait coûter la vie à plusieurs. Par manque de réflexion sur la nature humaine, je remis sur moi mes habits de peaux et mon turban avant de sortir de la maison. En repartant, je pris la peine de saluer de loin le groupe des anciens qui ne me répondirent pas. Tout à coup, il y eut une agitation derrière moi. Un jeune homme parlait à voix haute aux conseils des anciens en leur criant une phrase qu'il ne cessait de répéter en pointant son poing vers moi. C'est sans plus attendre que sa voix me mis en garde.

« Oracle ! Ils t'ont reconnu et ils viennent prendre ta vie. Ne permets pas qu'ils s'approchent de toi. Je te rends la parole et j'exaucerai ta demande ».

Le groupe s'était levé et tous confirmaient de la tête les paroles de celui qui avait donné l'alerte. Je ne savais pas comment réagir. J'avais habité au milieu d'eux pendant pratiquement un an et demi et me voici d'un seul coup renvoyé au rang d'ennemi. J'avais salué et joué avec chaque enfant. J'avais aidé au mieux chaque voisin sans jamais lever les yeux sur leurs femmes ou leurs biens mais, me voici à présent au bout de leurs sabres tranchants. Le groupe s'épaissit rapidement de telle sorte que je fus encerclé par tout le village curieux. Les jeunes hommes avaient tiré le sabre et un groupe s'approchait de moi. Je leur fis signe de ne pas avancer mais de reculer. Je leur fis des signes mais en vain. Alors, oppressé et pris au dépourvu devant les hommes qui couraient à présent dans ma direction, je brandis une parole si regrettable :

« Que le feu du ciel vous dévore ».

Il y eut un bruit terrible, une lumière aveuglante comme jamais je n'en avais vu auparavant. Du feu et des éclairs tombèrent du ciel tout autour de moi, j'en tremblais moi-même. Aussitôt terminé, je rouvris les yeux et en lieu et place des jeunes hommes qui brandissaient le sabre, il ne restait que des cendres et un sol rougi par la puissance du feu. Les autres prirent naturellement la fuite. Je me remis aussitôt en marche vers mes montagnes. J'étais triste pour eux et je m'en voulais doublement. Je me tenais pour responsable de leur cupidité. Il est vrai que j'aurai pu attendre un peu avant de me revêtir de mon manteau de poil et de mon turban. J'aurai pu aussi trouver une autre sentence mais elle s'était imposée à mon esprit et le temps me faisait défaut. Mon cœur était néanmoins lourd et je revins à la grotte le soir même.

Un peu fatigué, un peu accablé de tristesse, je m'avançais vers l'entrée de la grotte qui se trouvait à quelques jets de pierres. Les lueurs de feu passaient sous les peaux que j'avais laissées. J'étais si heureux de revoir ce lieu que je repris courage. Je me baissais pour y entrer lorsque tout à coup, je vis près du feu les pieds d'un homme. Je bondis à l'extérieur et je sortis mon couteau. De l'intérieur, l'homme ne donnait aucun signe de vie. Je savais qu'au bout d'un an et demi d'absence, un autre aurait très bien pu s'approprier cet abri.

Je ne voulais plus lutter même pour cela. Le couteau était venu d'un geste reflexe. J'attendais à l'extérieur en me demandant surtout où j'allais pouvoir aller. Je finis par ranger le couteau, et lorsque je fus sur le point de partir cette voix que j'avais appris à reconnaître vint jusqu'à moi

« Oracle, ôte les chaussures de tes pieds. Je dois encore te parler ».

J'étais sur le point d'éclater en sanglots. J'étais à la limite d'une rupture émotionnelle. Je pris le temps d'essuyer les larmes qui me ruisselaient des yeux et je partis à sa rencontre.

C'est la première fois, que je vais le voir face à face. Jusqu'ici, j'avais droit à l'immensité de ma pensée alors que là, j'étais sur le point d'établir des normes à sa personne. Comment ne pas penser qu'une telle apparition serait suivie d'un événement important, de crucial même. Je franchis donc l'entrée de la grotte en ayant conscience de franchir une autre étape de notre relation. Je baisse la tête, je rentre et je n'ose pas encore le regarder face à face.

« Oracle, mange !».

Je cherche ma gamelle des yeux, et je me retrouve à nouveau face à un gâteau de miel. Avant d'aller m'asseoir, je relève enfin la tête et je le vois. Il n'a rien d'imposant, ni même d'effrayant.

« Oracle, les cieux des cieux ne peuvent contenir ma gloire. Me voici simplement, dans une apparence que tu peux mieux accepter. Nul n'a vu Dieu face à face. Je ne suis qu'une représentation vivante…

N'aie crainte de la sanction que tu as appliquée contre ces hommes. C'est moi qui t'ai précipité dans la bouche cette sanction pour que tu voies la puissance de la parole qui t'est donnée ».

J'essaie de faire taire mon esprit. Il possède un savoir sans limite et je me concentre sur la nourriture qui est la preuve d'un nouveau départ.

- « Oracle, c'est la dernière fois que tu reviens dans cette grotte. Lorsque tu seras parti, j'y retirerai ma présence et le feu s'éteindra. Les nations vous cherchent pour vous faire mourir et je vous livre aux nations. Tu quitteras cette grotte au matin en n'emportant ni ta gourde, ni ton couteau, ni rien de ce que tu possèdes ici. Tu prendras ce que tu portes, ton manteau et ton turban. Tu iras te présenter aux portes de mon peuple et tu leurs diras que tu viens de la part du Dieu de leurs pères. Ils vous attendent. Tu iras au temple pour y rencontrer l'autre messager. Vous accepterez sans aucune crainte ce que l'on vous donnera mais, vous ne ferez reposer votre confiance sur personne. N'ayez crainte sur ce que vous allez leur dire, je serai avec vos bouches. Puis, je vous donnerai d'exciter la colère des nations contre mon peuple pour qu'ils s'unissent contre moi. Autrefois aussi, ils unirent leurs autorités contre moi. Je reviendrai alors vers vous dans peu de temps.

- Pourquoi appelles-tu ce peuple, mon peuple ? Pourquoi le différencier du reste des peuples ?

- Oracles, c'est parce qu'il m'appartient. Je l'ai amené à l'existence par ma parole pour jouer un rôle d'ambassadeur auprès des autres peuples. Je me le suis approprié par une alliance éternelle entre leurs pères et moi. Non qu'il soit si différent ou meilleur qu'un autre peuple car ils m'ont été rebelle en face durant toute leur histoire. Mais, comme toi, ils me rendent témoignage. Et comme toi, ils servent au salut du plus grand nombre.

Je l'appelle mon peuple par ce que j'ai fait de lui mon témoin durant des siècles comme j'ai fait de toi mon serviteur. Par les événements qui leur arrivent, ils attestent de ma présence auprès du reste du monde soit par ce que je travaille pour leur bien soit par ce que j'œuvre contre eux. S'ils obéissent à ma parole, je veille à leur bien. S'ils désobéissent à ma parole, je laisse la mort les poursuivre. Dans un cas comme dans l'autre, j'ai pris soin d'annoncer par avance leur état de cœur ainsi que le résultat de leurs choix pour qu'en le voyant s'accomplir le reste du monde puisse avoir la confirmation que je suis le seul vrai Dieu et, que je maîtrise les temps et les destinées.

Ce n'est pas une chose facile d'être mon peuple car je suis saint et que mon peuple doit également se détacher des considérations éphémères pour atteindre et devenir source de vie à son tour. C'est ainsi qu'il devient prospère aux yeux de tous. Or, bien que je veille sur ma parole pour l'accomplir, ils n'ont pu offrir la vie jusqu'ici car ils n'ont pas reçu La vie au milieu d'eux.

Souviens-toi que le serviteur devient indissociable du maître et que dans la liberté que lui procure son maître, il peut user de tous les moyens dont dispose son maître pour la prospérité de ses affaires. Jusqu'ici malheureusement, ils n'ont fait qu'effleurer leur rôle de témoin mais bientôt je leur montrerai et je montrerai aux nations que ce peuple m'est indissociable

C.RI.S.M. L'ORACLE DOIT S'ACCOMPLIR

en grâce, en force et en puissance. Ils ont donc encore un rôle bien important à jouer, non à cause d'eux mais par ce que j'ai la volonté de leur faire voir ce qui leur avait été annoncé autrefois.

Pour l'instant, ils ont construit un temple où ma gloire ne réside pas, sans jamais comprendre, que le plus bel édifice que je voulais construire se faisait en eux et à partir d'eux. Un temple qui n'a pas été souillé par des outils ou fait de mains d'homme, un temple que je me bâtis moi-même pour ma gloire. »

Alors qu'il semblait sur le point de partir, je me senti poussé à lui demander des nouvelles de Maude.

- « Oracle, sache que j'ai recueilli Maude auprès de moi. A peine arrivée à terre qu'ils mirent un terme à sa vie. Bien heureusement, elle m'avait donné son cœur depuis les montagnes de France. J'ai également recueilli Rody et sa famille et bientôt je te recueillerai. Tiens ferme dans ta foi et marche jusqu'à ta fin ! La couronne de gloire t'est réservée. Sache que j'enverrai quelqu'un après vous. Je le reconnaîtrai également comme mon serviteur.

- Et si je puis encore te demander…

- Oui, oracle. Je te ferai voir ces choses. Et je te rendrai la connaissance des écritures du livre et le souvenir pressant que tu avais de me servir toujours mieux. »

Il posa sa main sur ma tête et pendant qu'elle était posée, je revis tout mon passé comme on peut voir un film. L'enfance, les membres de ma famille, mon frère, ma sœur, l'île de La

Réunion et sa douceur de vivre, ma vie d'autrefois, ma femme, mes enfants. Tous défilaient dans ma mémoire en même temps qu'une explosion de sentiments dans mon cœur.

Quand j'ouvris les yeux, il n'était plus là. Je m'endormis paisiblement jusqu'au matin sans plus jamais me poser de questions sur mon passé ou encore sur ses intentions car, avec la connaissance du livre qui m'avait été rendu je possédais tout. Je pouvais à nouveau redire ces mots avec un sens nouveau :

« Autrefois, j'avais entendu parler de toi mais maintenant mon œil t'a vu ».

Il avait tout fait pour réaliser, en même temps, son plan et mes souhaits. Et pour ne pas que je commette une erreur dans ma douleur, il m'avait ôté la mémoire des sentiments d'autrefois. Je n'aspirais plus qu'à lui plaire et ma propre mort ne m'effrayait plus car, je savais de quelle manière et quand cela arriverait. Je savais aussi que je n'en souffrirais pas. Au matin, je fis mes adieux à la grotte pour la dernière fois.

Maintenant me voici au pied du nouveau temple, les yeux brillants dans le soleil. Mes mains fourrées sous mon manteau de poils et la tête vers le ciel. Devant moi se dresse la beauté extérieure du temple. Pour ainsi dire, je reste muet devant cet ouvrage. J'ignore ce qu'il a été sous Salomon ou sous Hérode mais, c'est une œuvre sans pareil par sa force et sa finesse dans son ouvrage. A travers ce temple, c'est toute l'histoire d'Israël qui se présente devant moi. Je ne puis y accéder car, je suis étranger à ce peuple et les travaux en empêchent l'accès.

Les deux gardes qui me suivent, fusils aux bras en position de riposter, pensent qu'ils pourront me protéger ou se protéger. A vrai dire, ils suivent leurs ordres. En passant la porte sud, il m'est encore arrivé un épisode fâcheux. Des soldats ont voulu contre mon gré m'emmener vers les hautes autorités religieuses de ce pays sans me permettre d'aller au temple pour y rejoindre mon camarade de service qu'il me tardait de rencontrer. Dès que les soldats tendirent les bras pour se saisir de moi avec violence, je saisis l'opportunité de créer un exemple afin de faire naître de la crainte dans leurs cœurs. Maintenant, ils resteront avec des bras sans vie. A la suite de cela, ils me ramenèrent vers le centre de la ville d'où je pus rejoindre le temple.

Les heures passèrent lentement et la nuit allait presque tombée. Mais, j'attendais patiemment sur les premières marches du temple. M'étant assoupis, un des soldats qui me gardait me réveilla à l'approche d'un véhicule militaire. Je vis un homme blond et de belle figure sortir du véhicule. Alors, sans mot dire, nous nous sommes regardé et pris dans les bras comme on le fait avec un ami que l'on retrouve après une absence prolongée. Ils nous conduisirent dans le centre où une chambre d'hôtel nous avait été réservée à chacun. Un repas était posé sur la petite table et on nous donna à chacun un téléphone portable. Puis, ils installèrent deux gardes devant nos portes.

Cela faisait longtemps que je n'avais pas eu le confort d'un lit, d'une douche chaude et d'un bon repas accompagné d'un verre de vin. Ce fût l'extase. Il ne manquait plus qu'un billard et une bonne bière pour parfaire cet accueil. Le bain, le vin, le repas et la fatigue de la marche eurent raison de moi assez rapidement ce soir-là. Au matin, le responsable des gardes frappa à la porte et m'indiqua l'heure où nous devions partir. Ce qui me faisait du bien, c'était ces vêtements propres et parfumés qu'on nous avait laissés.

Tandis que nous sortions de nos chambres, nous échangeâmes un sourire en voyant l'autre sans son turban, sa trop longue barbe et son manteau de poils. Nous avions de nouveau un aspect humain.

Le véhicule tout terrain nous conduisit dans les ruelles d'Israël vers un grand tribunal dont le bâtiment, à l'entrée imposante, nous fit comprendre la partie que nous allions devoir mener. Pendant le voyage, je crus comprendre que mon camarade était Russe, ou d'un des pays de l'est et qu'il parlait cette langue lorsqu'il avait la parole. J'espérais aussi qu'il parle un peu anglais ou français sans savoir quand nous pourrions réellement échanger.

A l'entrée, j'eus une agréable surprise. Je revis un visage qui m'était familier et qui devait me servir d'interprète. D'ailleurs chacun selon sa langue avait le sien. Pour ma part, mon interprète était Moché, ce type rencontré dans l'avion avant le crash. Il avait eu le malheur de dire qu'il m'avait déjà rencontré lorsque ma photo fut prise la veille à la porte Sud et diffusée dans tous les médias. Il fut désigné d'office pour servir d'intermédiaire entre moi et les autorités. Les autorités concernées pensaient certainement qu'un visage connu me mettrait à mon aise et que je parlerai plus facilement. Il me serra la main et m'accueillit agréablement. A vrai dire, à part ces deux soldats qui voulurent précipiter l'exécution de leurs ordres pour m'emmener là où je ne voulais pas aller, tout était irréprochable. En arrivant dans cette grande salle blanche aux mobiliers en bois massif, je découvris le visage de nos bourreaux. Il y avait une assemblée composée de plusieurs hommes, de pouvoirs différents, si nous en jugions à leurs tenues vestimentaires. Et dans la salle, des hommes armés étaient postés tout autours.

Le face à face commença par la lecture des paroles de prophéties prononcées aux portes du pays et leurs conséquences. Il nous fût même mentionné l'incident de la veille aux portes sud. Puis, un autre pris la parole et déclara que de tels phénomènes annoncés par avance ne pouvaient être autres que des miracles du Très-Haut. Ainsi, ils arrivèrent à la conclusion que nous étions amis du peuple d'Israël.

Le temps que nos traducteurs fassent leur travail, il y eut un silence de mort de leurs côtés et un rictus sur nos visages. Ce n'était guère une affirmation mais plutôt une question. Mais nous ne pouvions répondre puisque nous n'avions pas retrouvé l'usage de la parole. J'espérais que mon camarade parlerait et il espérait la même chose de son côté. C'est un peu embarrassé et dans un énervement à peine maîtrisé que l'audience fut alors levée. Moché était très gêné et je réussis à lui expliquer par écrit que nous étions muets. Bien entendu, il ne saisit pas tout de suite mon explication car nous avions déjà longuement échangé dans l'avion. Mais, mes souvenirs de la Thora et des livres des prophètes refaisant surface, je pris pour lui un texte du livre du prophète Ezekiel où celui-ci était imposé au silence. Lorsqu'il eut compris, il se précipita vers ses autorités pour leur expliquer la situation.

La séance fût donc ajournée et nous renvoyés à notre hôtel. En quittant les lieux alors que nous ne nous apprêtions point à devenir des stars, il y eut quantité de journalistes qui nous attendaient pour la photo du siècle. Nous avions beau être renseignés par le Tout-Puissant lui-même de notre notoriété, néanmoins nous étions loin de penser à un tel engouement. J'allais entrer dans le véhicule lorsqu'à cet instant la parole me revint. Je fis alors demi-tour sous les yeux de mon camarade et face aux caméras du monde entier :

« Oracle de l'éternel. Ainsi parle l'éternel !

Voici, il se met aux galops. Il prend tout son élan et sans savoir ce qui l'attend, il se précipite sur la terre des vivants. La terre est brûlée. Elle est dévastée. Les prédateurs autrefois cachés s'approchent affamés. »

Le soir même nous zappions ensemble sur toutes les chaînes et nos visages étaient partout. Nous avions réussi à cristalliser la haine et la peur du monde entier. De toutes parts, des spécialistes nous attribuaient toutes sortes de catastrophes et les peuples voulaient nous voir mourir. Nous endossions même des responsabilités dont nous n'étions point à l'origine. Ces choses nous attristaient mais nous avions fait le choix de placer dans notre envoyé toute notre confiance.

Face au reste du monde, le premier ministre israélien essayait de temporiser pour connaître, disait-il, nos motivations dans ce qu'il appelait « Une affaire qui nous dépasse ». Cela faisait tellement longtemps que les textes du livre avaient été délaissés que personne ne se souvenait du texte de l'apocalypse qui faisait écho aux prophètes juifs.

Le monde entier vivait dans l'attente des événements à venir et chacun allait de son interprétation pour expliquer la prophétie et mieux s'y préparer mais, aucun d'eux n'y parvenait.

Nous deux, Friedrich et moi-même, nous savions qu'il était trop tard pour intercéder pour le bien-être du monde. L'histoire devait se mettre en scène aujourd'hui comme elle avait été écrite dans le livre autrefois. Les seuls sujets de prière que nous gardions étaient tournés vers nous même, pour que nous ne défaillions pas dans notre mission et, pour le grand nombre d'hommes qui voudraient encore se tourner vers le Dieu de la vie afin d'être recueilli par lui dans ces temps de mort.

Peu de temps après alors que nous étions réunis tardivement et que nous nous occupions un peu au jeu de dame, les informations, sous-titrées en anglais, révéla la matérialisation du fléau à venir.

Une pluie de petites météorites, en deux épisodes espacés, se dirigeait droit sur la terre. En nous rappelant les paroles de la prophétie nous eûmes un pincement au cœur. Nous savions que le cheval pâle de la mort n'épargnerait personne sur son passage.

Le CRISM fit pression sur l'état d'Israël pour nous demander d'annuler cette prophétie et, c'est alors par écrit auprès de l'autorité d'Israël que nous leur avons répondu. « Il nous est donné le pouvoir d'annoncer et non de défaire ». Dans la précipitation et dans notre volonté de bien faire, nous avions commis une double erreur. Nous venions de parler alors que la parole ne nous avait pas été rendue. Nous venions également de signer notre arrêt de mort. Les dirigeants des nations estimèrent donc qu'en nous supprimant, ils supprimeraient aussi les prophéties.

Trois mois plus tard, une pluie de météorites enflammées frappa la lune et pénétra l'atmosphère terrestre dévastant et brûlant des forêts mères aux quatre coins de la terre. De nombreuses villes furent touchées et de nombreux petits cratères apparurent sur la terre sans parler des incidences sur certaines villes côtières. Cette grêle de pierre était sans aucune mesure plus dévastatrice que la grêle de l'Egypte au temps du grand Moïse. Les hommes et les bêtes déjà touchés sévèrement devinrent comme fous. Des meurtres et des massacres, des vols, des viols s'en suivirent. Effectivement, les prédateurs autrefois enfouis dans la nature de l'homme s'approchèrent affamés des proies les plus faibles. Au lieu de s'unir et de se prêter main forte, la main de l'homme déchira ce qui avait été épargné par ce nouveau fléau.

Le CRISM ne gérait plus rien. Son dirigeant unique était dépassé. Ses conseillers n'avaient aucune réponse à lui fournir. D'ailleurs, il mit à mort ses propres conseillers par manque de réponse et dans un grand moment de désespoir. Le monde subissait des actes d'une justice divine qui l'avait jugé coupable. La mort agissait librement partout où elle regardait.

Israël était encore épargné et bien que nous ressentions les secousses de lointaines contrées, nous étions à l'endroit le plus sûr de la planète terre. Nous étions consignés dans nos nouvelles suites. Le gouvernement avait pris la peine de nous changer de lieu car, beaucoup cherchaient à nous faire mourir.

Les scènes de désolation se multipliaient. Aucun pays n'exportait plus de blé ou de produits alimentaires, chacun produisait pour soi et pour sa famille. Il y avait pénurie d'eau potable, pénurie de nourriture, si bien que certains pays défavorisés tolérèrent la consommation de toutes sortes de viandes. Il y avait de vastes trafics dans les pays. Les hommes aidaient la mort dans son travail.

Le seul point positif dans ce chaos terrestre fût qu'un grand nombre d'hommes et de femmes revinrent sur leurs pas. Ils organisèrent même dans leurs pays respectifs de grandes manifestations cherchant à faire fléchir les autorités du CRISM afin de revenir à Dieu. Beaucoup étaient là priant devant les places des gouvernements et devant des hommes armées. Mais ce fut un massacre sans nom, sur l'ordre du nouveau grand conseiller du leader du CRISM.

Tous ces hommes qui appelaient à la réconciliation avec Dieu se heurtèrent à la barbarie et à la mégalomanie de leur chef qui ne voulait pas capituler et rendre à Dieu ce qui lui appartenait. Ce leader mégalomane eut également un nouvel élan dans l'exercice de son autorité sous le conseil de ce nouveau conseiller qui n'était autre qu'une ancienne haute autorité religieuse qui connaissait bien les textes du livre.

Le désespoir était tel sur la terre que les hommes acceptèrent de vouer un culte à leur grand chef s'il parvenait à ramener la paix. Le contrat était qu'il fasse cesser ces catastrophes afin de recevoir un culte digne d'un dieu. Il leur promit alors la paix, le pain et des traitements pour les soigner. Ce mensonge à lui seul fit plus de mal que toutes les autres prophéties. Les hommes préférèrent s'en remettre à un homme mortel plutôt qu'à Dieu.

Un peu de temps s'écoula encore pendant lequel les autorités Israéliennes continuèrent à nous prendre en charge. De notre côté, ce fut une dernière année riche humainement. J'en appris plus sur Friedrich qui n'avait pas eu le même cheminement que moi. Nos expériences étaient différentes. Ce qu'il y avait de commun c'était notre appartenance à Dieu. Lui, n'avait jamais perdu la mémoire. Il était dans une situation similaire à Rody et après que ses proches furent enlevés, il se livra entièrement à son créateur pour racheter le temps perdu.

Le temps de la dédicace était arrivé et nous étions invités pour le grand jour de la cérémonie. Les autorités débâtirent longtemps sur l'emplacement d'où nous devions assister à la fête. Au final, considérant les événements passés et reconnaissant une part de la main de Dieu, ils nous tolérèrent jusqu'aux portes du lieu réservé habituellement aux prêtres. Nous étions au mois de septembre et l'invitation était fixée au 4 octobre. Le peuple était heureux et le reste du monde regardait cette ivresse à travers les médias sans en partager l'euphorie. Il y avait eu une accalmie concernant les prophéties et les regards s'étaient légèrement détournés de nous bien que le monde fût profondément meurtri. Les grands espaces portuaires tels que Amsterdam, Shanghai avaient également été anéantis.

Mais l'heure était à la fête pour ce peuple qui était en train de réaliser l'un de ses plus grands rêves. Cependant, nous savions que notre temps touchait à sa fin comme le mentionnait le livre. De notre côté, il nous tardait presque de tourner la page afin de commencer une nouvelle histoire.

Durant les derniers mois, nous nous étions coupés de tout et sur notre propre demande nous ne voulions plus avoir de télévision. Les seules choses qui nous furent concédées à l'un et à l'autre fut un instrument de musique, de quoi écrire et une bible dans nos langues respectives.

Une année s'était écoulée pendant laquelle ils nous avaient pris en charge comme des princes ermites. Une année de musique, de prière silencieuse pour les hommes de la terre. Friedrich était un fin harmoniste, bien meilleur que le guitariste que je fus autrefois et les échanges musicaux ne manquaient pas. Parfois notre Co-solitude était brisée par la visite amicale de Moché qui semblait fasciné par notre expérience et la connaissance de notre Dieu. Alors que nous étions tous deux en prière, la veille de la dédicace du temple, une vision nous fut donnée à tous deux pour une nouvelle révélation. Elle concernait notre fin.

Ce matin-là, des hommes du Tsahal nous escortaient. Nous étions prêts et, pour qu'il n'y ait pas d'émeute sur nos origines ou nos identités, ils nous revêtirent à la façon traditionnelle et religieuse du pays. Friedrich était convaincant avec son châle que l'on nomme aussi « talit » et, moi je n'osais pas me regarder dans le miroir. Nous étions un peu taquins et avant de quitter notre dernière demeure, pour défaire un peu la peur, nous plaisantions entre nous. Je souriais mais le cœur était lourd. Ce n'était pas la mort qui nous effrayait mais, l'instant et la forme dans laquelle elle se présenterait à nous. La mort est tel un saut. Ce n'est que le premier pas qui est important. Le reste nous échappe assurément.

Avant de partir, nous avions pris soin d'envoyer un colis à l'adresse de Moché pour qu'il devienne le nouveau propriétaire de nos livres. Sur le lit, à côté de la guitare fut déposé un texte accompagné de ses accords dont le titre était « Pilate ».

Au temple, nous étions dans un coin de la cour, un peu séparé de la foule. Il y avait de la joie et de la ferveur, des danses, des chants, des instruments de musique qui résonnaient depuis la grande cour jusque dans le temple. Le temple avait été sous-compartimenté, il y avait quatre espaces rectangulaires enclavés. Le grand prêtre se tenait prêt à recevoir ceux qui pouvaient pénétrer dans le lieu saint. Cela se fît par des chants religieux très forts. Tout avait été orchestré et respecté, du cordon bleu de la tiare, aux pierres précieuses sur son pectoral, jusqu'aux grenades en bas de sa robe. Il y avait des cornes qui retentissaient et la grande cuve en bronze au milieu de la cour du lieu saint était impressionnante par sa taille et ses sculptures. Elle était visible du lieu du parvis où nous étions encore. Tout autour de notre grande place se dressaient quatre immenses chandeliers. Toute la finesse de l'artisanat de ce peuple était ici représentée. Beaucoup d'hommes auraient donné leur plus grande richesse pour assister à cet instant de l'histoire. Mais tout ne fut pas parfait.

Quelques jours auparavant, une grande émeute avait éclaté en Israël. Cela faisait suite à l'annonce de la présence du leader du CRISM pour la cérémonie. Et puisqu'il avait réussi à justifier de la lignée juive de sa famille, il fut donc admis au temple. Beaucoup d'hommes et de femmes crièrent leurs mécontentements et refusèrent sa lignée ainsi que sa présence. Il avait fait tant de mal aux juifs à l'époque de sa grande opposition contre les religions qu'ils ne voulurent point de lui en ce jour de joie. Mais leurs efforts furent inutiles et entraînèrent même leur interdiction de monter au temple pour la dédicace. Et pour bien reconnaître ses renégats qui s'opposaient aux autorités religieuses ainsi qu'aux autorités politiques en les défiant dans la rue, ils furent marqués au fer chaud sur leurs fronts. Les forces armées qui protégeaient les abords du temple reçurent ainsi l'ordre de tirer sur tous ceux qui avaient ce signe distinctif. Beaucoup de juifs ne firent plus entendre leurs voix après ces exemples de barbaries qui signifiaient le rejet de la communauté et le déshonneur.

A mi-chemin des marches qui conduisent vers le lieu saint où seuls les prêtres peuvent entrer, les organisateurs de la cérémonie avaient installé une petite estrade ainsi qu'un pupitre avec micro. Les officiels étaient alors invités à monter pour un petit discours qui résonnait dans les haut-parleurs et qui était entendu très loin.

Puis arriva le moment.

Le leader du CRISM fit son entrée pour accéder au pupitre. Il était accompagné d'hommes de sa sécurité qui dissimulaient très mal leurs armes. Au moment où il passa la porte d'entrée vers le pupitre, Friedrich prit mon bras et me fit signe que c'était l'heure.

Les gardes du corps nous suivirent sans broncher. Après avoir passé le parvis intérieur puis le parvis des gentils, nous nous sommes retrouvés face à la grande sortie. Nous participions, malgré nous, aux joies et aux danses des jeunes filles portant des tabourins.

Nous savions que nous allions être face aux caméras pour notre grande sortie du temple et sans essayer de les éviter Friedrich m'entraina avec lui dans sa marche. Il semblait avoir une mission. Je le compris lorsque j'entendis pour la première fois le son de sa voix. Lui m'avait déjà entendu mais, moi c'était la première fois. Il me répétait dans son anglais avec un fort accent russe « Go, go, go... ».

Arrivé sur les marches à l'extérieur nos gardes s'écartèrent un peu de nous. Friedrich se plaça rapidement devant les objectifs des caméras et la corne retentit à nouveau. Elle retentit depuis les montagnes de façon que tous puissent l'entendre malgré les festivités qui battaient leur plein derrière nous. Il y eut un moment de silence pendant lequel Friedrich me demanda d'ôter mon châle. Dans les haut-parleurs, la voix du leader du CRISM continuait à se faire entendre par des formules d'ouverture de cérémonie. C'est à ce moment-là que Friedrich reprit la parole aux yeux de toutes les nations et qu'il dit dans sa langue.

« Oracle de l'Eternel ! La terre se dessèche, les fleuves laissent passer le cheval et son cavalier. Sa colère est fureur et elle piétine pour l'horreur. Quand vient le matin, on découvre le malheur. Des alliances solides se forment. Mais ma parole n'est-elle pas un feu, un marteau qui brise le roc. Heureux ceux qui reconnaîtront leur Dieu... »

La parole était encore dans la bouche de Friedrich quand les coups de feu partirent pour nous atteindre en plein cœur. Il y eut une forte agitation et beaucoup de cris encore. Pour ma part, j'eus l'impression d'entendre un bruit sourd et le vide m'envahir totalement. En quelques secondes, je vis venir l'obscurité la plus totale.

Devant les caméras, les oracles tombèrent. Le monde entier le vit en direct. Lorsque le leader du CRISM appris par oreillette que les oracles étaient morts. Il ne put s'empêcher, du haut du pupitre du temple, de rappeler au monde mais aussi aux oreilles de tous les juifs orthodoxes présents, la promesse que la plupart des hommes lui avait faite. Et en finissant sa présentation, il lâcha cette courte phrase qui eut l'effet d'une bombe :

« Maintenant, je suis votre Dieu ».

Cette petite phrase faillit lui coûter la vie sur l'instant. Tous les juifs à l'extérieur du temple s'engouffrèrent à l'intérieur, car tous voulaient le faire mourir. Le peuple criait sa volonté de le voir mort parce qu'il avait commis l'erreur de dire qu'il était Dieu à l'intérieur même du temple.

Cette journée qui devait être une journée de joie se transforma en une grande confusion générale si bien que les forces armées investirent le temple pour l'évacuer. Le leader du CRISM, quant à lui, fut hélitreuillé depuis la cour du parvis pour ne pas être lynché par la foule en colère qui l'attendait à l'extérieur. Beaucoup s'étaient déchiré les vêtements et beaucoup pleuraient à cause de l'abomination qui avait eu lieu à l'intérieur du temple. Mais avant de partir, couvert par le bruit de l'hélicoptère, il se retourna vers les chefs politiques du pays en leur criant sa haine :

« Je reviendrai vous exterminer tous. Je vous écraserai !».

Ils le laissèrent partir désireux de le voir s'éloigner et, ils ne lui répondirent rien. Ils comprirent tous qu'ils avaient commis une erreur en lui facilitant l'accès au temple et en lui livrant à mort les deux oracles. Mais il était trop tard !

Les nations entre elles se félicitèrent de la mort de ces deux troubles fêtes. Ils étaient tous convaincus que leurs malheurs avaient cessé. Les peuples accueillirent leur leader en héro et pour célébrer sa victoire, Ils lui envoyèrent des cadeaux comme on amène des offrandes à un dieu. Ils lui témoignèrent leurs affections et leur dévotion lors d'interviews télévisés. Ils se renvoyèrent des cadeaux les uns aux autres et célébrèrent une grande fête.

Les médias internationaux encore présents en Israël repassèrent encore et toujours la prophétie et l'assassinat des deux oracles. Il y eut fête sur la terre et consternation dans tout Israël. Les autorités du pays aussi étaient effrayées par la double menace qui pesait sur eux. C'est eux qui avaient permis la mort de deux hommes que beaucoup considéraient comme envoyés de Dieu pour redonner de la force au pays d'Israël.

La colère de la foule ne retombait pas. Et elle empêchait quiconque de s'approcher des corps. Ces deux hommes devinrent un symbole de révolte contre les autorités. Le soir arrivait et la foule scandait toujours le nom des leaders politiques et religieux qu'elle tenait pour responsables directs de ces événements fâcheux. La colère s'accentua encore plus lorsque se mêla à ces deux affaires le témoignage public des hommes et des femmes qui furent marqués au front par le fer chaud.

La foule s'organisa autour des cadavres, sans les toucher pour se relayer et manifester jusqu'à la démission des leaders. Le lendemain, la révolte se transforma en panique. A l'heure où habituellement le soleil se lève. Il y eut une obscurité profonde sur la terre, et ce même en Israël. Il y eut aussi des tremblements de terre. Le monde était dans la terreur et le grand leader charismatique du CRISM ne trouvait plus rien à dire. La joie des hommes s'était transformée en une frayeur et chaque rediffusion des paroles de l'oracle ne faisait qu'accentuer la panique.

Quand enfin arriva le troisième jour qui suivit l'assassinat, la lumière revint. Et pendant que les manifestants observaient le jour se lever aux aurores, le bruit de la corne se fit de nouveau entendre. Elle provenait toujours des montagnes. Tous se relevèrent et se retournèrent vers elle. Avait-elle retenti pour leur bien ou pour leur malheur ?

Lorsque les têtes se rabaissèrent, c'est avec une grande stupeur que tous virent les deux oracles debout sur leurs pieds. La foule fit un pas en arrière. Beaucoup de caméras des médias étrangers étaient restées pour voir si le pouvoir plierait sous la pression du peuple. C'est donc aux yeux de tous les peuples que les deux oracles revinrent à la vie.

« Nous sommes encore muets face à eux. Ils nous regardent avec stupeur. Nous n'avons aucun mal et, tout en nous souvenant de tout, nous ne souvenons pas exactement à quel moment la vie est revenue en nous.

Et dire que par le passé, j'aimais tellement avoir le contrôle des choses et des réponses à mes questions… Tout m'échappe encore ici.

Il n'y a plus de sentiment étrange qui m'habite. Ces trois journées sont passées si vite. Tout échappe à mon intelligence. En un éclair, nous sommes partis et en un éclair nous voici !

Ce que je tenais pour acquis dans la réalité du monde sera désormais toujours bousculé. Ce qui s'est passé aujourd'hui est bien inscrit dans le livre mais, ne me demandez pas de tout vous expliquer. C'est tout simplement l'espace qui se plie pour raccrocher l'âme et le corps et deux points de l'espace-temps. J'étais là-bas, sur le chemin de mon grand départ et, sans même m'être rendu compte, je suis ici. Certes, mon esprit est encore un peu troublé mais, je sais maintenant que rien ne lui est impossible.

Depuis ma chute vers la poussière jusqu'à mon retour éclair, je sais qu'il ne me sert à rien de trop y réfléchir. Les mots de Rody viendront toujours à mon secours. Il me faut tout simplement « accepter ». Je relève la tête, je vois le ciel qui s'ouvre, j'entends sa voix qui m'appelle et, je me dis en moi-même : J'espère que là-haut, il y aura encore une guitare pour moi. »

Suite à cela, Moché fût recontacté par Samuel le responsable de la sécurité avec qui nous avions établi un fort lien d'amitié. Il lui remit le reste de nos affaires ainsi que le texte posé sur le lit près de la guitare.

FIN De la première prophétie

Chant : Pilate

Pilate, tu n'as pas de pouvoir sur moi
Pilate, tu n'es que le serviteur du roi
Tu ne fais qu'appliquer les écrits sur moi.
Mais ni mon âme ni mes os ne casseront sous ton poids.

Je connais mon roi
Il me ressuscitera
Bien malgré tes efforts, tu ne peux rien sur moi.

Pilate, tu n'as pas de pouvoir sur moi
Pilate, tu es en face du grand Roi
Tu peux toucher aux murs du temple, il se reconstruira.
Tu peux toucher au chandelier, il ne s'éteindra pas.

Je connais mon roi
Il me ressuscitera
Bien malgré tes efforts, tu ne peux rien sur moi.

Les origines de ce livre : Apocalypse Chapitre 11 Verset 3 à 13

À PROPOS DE L'AUTEUR

Bonjour cher lecteur,

merci de vous être intéressé à mon travail.

Marié, père de deux enfants et œuvrant dans le milieu de l'habitat social, j'ai écrit ce livre pour présenter une prophétie méconnue du grand public mais qui pourtant fait intégralement partie de la réalité des églises Judéo-chrétiennes.

J'ai romancé cette prophétie pour l'amener à l'existence dans notre génération et pour montrer qu'elle pouvait prendre corps n'importe quand et à partir de n'importe qui.

Cela n'a pas été facile pour moi car la langue française, avec toutes ses complexités, ne faisait pas réellement partie de mon monde jusqu'à mes douze ans.

Il devrait néanmoins y avoir une suite à ce premier volet.

j'espère que vous ferez également partie des lecteurs du second volet de cette histoire.

Gérald. A Bientôt